赤い絣の記憶

玉置楓
TAMAKI Fu

文芸社

目次

赤い絣の記憶

プロローグ

私にはずいぶん前から、心の中で話しかけている人がいる。私はその人を探している夢を見るのだが、周りは真っ暗で何も見えない。ただ呼びかけるだけの月日が流れた。

ある時、遠くに一筋の淡い光が差し込み、靄がかかる中に一人の年老いた女性が立った。そうだ、この人だ。私の探していた人だ。高井《たかい》のおばあさんという以外、私はその人の呼称を知らない。

私はその人に話しかけるのだが、私の声が届かないのか、その人は黙ったままだ。靄に邪魔されて、その人の姿形も表情もはっきりとはわからない。

それでも呼びかけ続けていると、その人の唇がやっと動くのがわかった。

その人は自分のことを、八重《やえ》と名乗った。

第一章　生い立ち

日陰の子

風が容赦なく、顔に吹き付けてくる。ボロ布のようなもので頭から首まですっぽり覆っているが、痛いほどの冷たさは、容易に布をすり抜ける。

幼い八重は、母親と兄卯吉《うきち》に手を引かれて、荒涼とした枯野の中を歩いている。八重の耳には、ゴウゴウという風の音と、枯れ草がザワザワ鳴る音だけが響いてくる。怒り狂った風に痛めつけられた枯れ草が、悲鳴を上げているような気がして、八重は怖かった。しかし、口を開くと、余計に怖いことが起きそうだった。母も兄も黙ったままだ。

置き炬燵《ごたつ》の前でウツラウツラしていた八重は、ハッと目を覚ました。

夢を見ていた。また、同じ夢だ。

建て付けの悪い戸に、北風が吹きつけてガタガタ鳴っている。八重は風の唸り声に、耳をふさぎたくなった。

横浜の風はよかった。住んでいる時はさほど感じなかったが、いつも海の湿り気があって柔らかだった。少なくとも、東京の風のように凶暴ではない。

わずかに残った身の回りの物を掻き集めて、転がり込んだ借家を出て、別の家作に腰を落ち着けたところだが、この家も安普請のようだ。

仕方がない。こんなご時世なのだからと、八重はため息をつく。どこもかしこも急ごしらえした、雑な家ばかりなのかもしれない。

大正十二年九月一日、関東一帯を大地震が襲った。横浜で被災した八重は長男と三女、四女を連れて、東京に嫁いだ次女和香《わか》を頼り、巣鴨の借家に身を寄せていた。震災で家を失ったといっても、家族皆が生き永らえ、自分はこうして手厚い庇護を受けているのだから、不平不満を言うべきではないのだが、八重の気持ちは重かった。

八重は、ふと気が付いた。

この、ささくれだったような風の音が嫌なのだ。

生まれ在所の風の音に似ている。

また東京に戻って、在所に少しだけ近づいているのだ。それがこんなにも八重の気を重くさせる。


八重は明治十年、北葛飾、松伏村の造り酒屋に生まれた。

生家は代々船便を利用して江戸に酒を卸していた。江戸は水の都で、大きな川が幾筋も現在の東京湾に注ぎこみ、川と川は運河で結ばれていた。

江戸近郊の村では、酒や醤油や味噌を生産して江戸に運び、潤うことができた。年貢米もむろん船で運んで、蔵前に納められる。多くの物資が日本橋、浅草周辺に集まって、江戸の繁栄を支えたのだ。明治になってからも生家の商売はうまくいって、村ではそこその分限者で通っていた。

しかし、八重の母お梅《うめ》は、旦那のお妾とも認めてもらえない存在だった。

旦那が女中に手を付けて産ませた子。それが兄の卯吉と八重である。

よくある話なのだ。こういう時は、生まれた子は人知れず里子に出し、女中にはいくばくかの金を握らせて放逐する。それが世の常だった。

しかし、造り酒屋の旦那は、これを突っぱねた。お梅に暇を取らせることも、赤子を手放すことも拒んだ。これには皆が泡を食ったものだ。

旦那はもともとこの店の奉公人で、おとなしく実直なだけが取り柄だったが、その男前であることに一人娘のお栄《えい》が惚れて、婿に迎えられたのだ。

お栄は気が強く商才もあったから、古くからの番頭たちと店を取り仕切った。先代の跡目を継いで、店の主になってからも、旦那には出る幕もなかった。それでも不満を言わず、穏やかに名ばかりの旦那を務めてきた。

そんな旦那が周りの意見に否を言うはずはないと、誰もが思っていた。

お栄は亭主に初めて裏切られたばかりでなく、反抗までされて、驚き怒り慌てたが、あまり騒ぎ立てては外聞が悪い。ここは泰然自若として、大店の女将らしく振る舞いたかった。

その頃、すでに成人していた長男に身代を譲り、隠居するならと、お栄が譲歩しようとした矢先、一世一代の自己主張が体に応えたのか、旦那は中風の発作を起こした。

それは軽いものだったが、この機にとばかり世代交代が行われた。家督を譲った旦那は大旦那となり、離れの隠居所に移った。八重の母お梅はご隠居さん付きの女中ということになって、離れで暮らすことを許された。ここまでが、兄卯吉の生まれた時の話だ。

八重はそれから五年後、隠居所で生を受けた。

八重は生まれた家での生活を、あまりよく覚えていない。

母のお梅は隠居所の家事の傍ら、裏庭に畑を作って、野菜や豆を育てていた。それが、母子三人の食糧なのである。畑仕事をするお梅の周りで遊んでいるのが、八重の常だった。

大旦那の食事は母屋から運ばれたが、お膳はいつもひとつだけだった。膳を運んできた女中頭のお兼《かね》が大旦那の給仕をし、お梅親子は台所に下がって、畑で育てた野菜をおかずに食事をした。

幼い八重だけは時々お梅の制止を振り切って、食事中の大旦那の座敷に入って行ったりした。大旦那は少し不自由な体ではあったが、八重を膝の上にのせて、焼いた魚や、鶏肉の入った煮物などを食べさせてくれた。そして、お皿を持っておいでと言って、兄の分もとりわけてくれたものだ。

女中頭のお兼は露骨に嫌な顔をして、八重をにらみつけていたのだが、八重は幼すぎて気が付かなかったか、いつもは食べられないごちそうに心が奪われていたのか、こうやって、たびたび台所と大旦那の座敷を行ったり来たりした。兄の卯吉はわきまえていて、そういうことは一度もしなかった。

八重にとって大旦那の思い出はおいしい魚をくれる優しい人、というくらいのものでしかなく、父さんと呼んでいたかすら定かではない。お梅は終生、旦那様と言っていた。肩身の狭い暮らしではあるが、それなりに平穏だった日々は、突然終わりを告げる。

大旦那が二回目の中風の発作を起こし、そのまま亡くなったのだ。

ある日、珍しく険しい顔をした母に、外で遊んでいろと言われて庭に出ると、女中頭のお兼がやってきた。そしていきなり、八重の頬をたたくと、どなりつけてきた。

「いつまでも、お嬢様面してるんじゃないよ。薄汚い、卑しい女の子供のくせに。大旦那様が亡くなったんだから、お前たちなんか叩き出されるに決まってるよ」

八重は生家に出入りしていた多くの人を、あまりよく覚えていない。正妻のお栄や、腹違いの長兄ばかりか、父親である大旦那の顔さえうろ覚えだが、この時のお兼の意地悪そうな顔と見幕だけは、脳裏に焼き付いて離れない。

母お梅は、正妻お栄の怒りを買っただけでなく、奉公人たちの嫉妬も買っていたのだろう。

何のとりえもない下働きの女中が、いきなり大旦那の思い者となって、隠居所とはいえ、陽の当たらない女中部屋から抜け出したのだから。

お梅親子に対する反発は一気に来た。大旦那を弔うことも許されず、その日のうちに、親子は家を追われた。

着の身着のままと言いたいが、八重だけはそれまで着ていた赤い絣の着物を脱がされて、店の丁稚が着古したお仕着せに着替えさせられた。その時、お兼にぶたれても泣かなかった八重が、火のついたように泣き出したと、兄の卯吉が後年語ってくれた。

八重がぶたれても泣かなかったのは、あまりに衝撃が大きかったからかもしれない。それは、痛みや怒りや悲しみというよりも、理不尽さに呆気にとられた、お兼の顔つきと見幕にひたすら驚いた、ということだったのか。

着物を脱がされた八重が泣き出したから、悲しんでいるのだと卯吉は思ったのだろうか。それともその光景が、まだ年端のいかない卯吉にとっても、衝撃的で心に焼き付いたのか。もしかしたら、八重以上に、そのことを悔しがってくれたのかもしれない。

しかし、泣き喚いたという割には、実は八重は、そのことをあまりよく覚えていないのだ。むしろ、兄に何度か思い出話をされると、それが自分自身の記憶であるかのように、というよりもむしろ、第三者になってその場を目撃したかのように、鮮明な映像を結んでいくように感じられた。自分が着ていたという、赤い着物の柄まで、覚えているような気がした。

それから八重は、薄汚いお仕着せを着て、母と兄に手を引かれて、寒々とした野原を歩いたのだ。筑波颪《おろし》が恐ろしく荒れ狂う野道を。

あの道は、船着き場に続く道だったに違いない。たぶん、そこから船に乗り込んだのだ。生家の酒を運んで東京へ向かう荷舟に、お梅は顔見知りの船頭に頼み込んで、荷物の陰に乗り込み浅草まで運んでもらったのだろう。

土地の人が古庄内川と呼んでいた川を下ると、江戸時代に張り巡らされた運河にぶつかる。その運河を辿って浅草に出る。

浅草は江戸の繁栄を象徴する賑わいを持った街だが、それは表の顔。食うに食われぬ貧しい裏の顔も、その胸に抱きとめてくれる。大都会というのは、いつもそうだ。

浅草から横浜へ

お梅が店を追われて路頭に迷った時、繁栄のおこぼれに群がる貧者の一人として、浅草に出ることしか思い浮かばなかったに違いない。

お梅には帰る家も頼れる肉親もいなかった。おそらく身売り同然に女中奉公に出たのだろう。お梅から生まれ故郷や親兄弟の話を聞いたことは、八重は一度もなかった。

八重の人生の鮮明な記憶は、この浅草の裏長屋から始まる。

浅草は確かに活気にあふれていたが、女ができる仕事は、そうおいそれとは見つからなかった。幼い子供を二人も抱えていれば、住み込みの女中奉公もできない。手っ取り早いのは水商売だが、その頃増えてきたおしゃれなカフェの女給などはもとより、料理屋の中居や、茶店、飯屋のお運びすら、お梅には難しかったであろう。

お梅はまだ、それほどの年ではなかったが、色気も愛想もない。気働きもできず、動作も鈍重だった。ただおとなしく、我慢強いだけの女なのだ。造り酒屋の大旦那は、それこそが気に入って、お梅を囲い者にしたのだが、大都会の真ん中で、一人で生きていくのには向いていなかった。お梅はなんとか針仕事や洗い張りの仕事をもらってきて、親子は細々と暮らした。

八重と五歳違いの兄卯吉は、十になるかならないかで、駄賃稼ぎに出た。

松伏の隠居所で、大旦那は読み書きそろばんの一通りは卯吉に教えていたという。しかし、小学校には通わせてもらえなかった。

八重は知らなかったが、卯吉は母屋で雑用を強いられていたそうだ。店で最下層の丁稚たちからも顎でこき使われ、いじめられていたらしい。母のお梅はむろん、父親の大旦那でさえ、それを咎めることはできなかった。

八重が生家のことを思い出す時、兄と遊んだ記憶がないのは、八重が物心ついた時はもう卯吉は店で働いていたからだったのだろう。

それにしても、いくら兄が不倫の子であっても、大旦那が入り婿であっても、一度は店の主を張った存在なのだ。それなのに、いたいけない子供ひとりをかばえないなんて、兄もかわいそうだが、大旦那も惨めだったには違いない。卯吉がいじめられるということは、大旦那が軽んじられている証拠だからだ。それも店の丁稚にまで。

卯吉も相当我慢強くなったかもしれないが、しょせん半端な雑用しかできないのだ。しかし卯吉は、愛らしい顔立ちをしていて朗らかさがあり、なにより、人の懐にするりと忍び込める才能があった。

卯吉は人足の仕事場に出入りして、子供にもできそうな仕事をさせてもらったり、お屋敷の使用人と顔見知りになって、薪割りやら庭掃除やら、使い走りをしたりした。そうやって、一日にいくつもの仕事を掛け持ちして駄賃をもらい、豆腐や小魚を購《あがな》ってきた。そんな物でも、親子の貧しい食卓を、大いに賑わした。

兄にお金が入った時はごちそうが食べられて、街で起こっていることも面白おかしく聞かせてもらえて、八重は楽しみだった。本当に、兄の明るさがその頃の生活を支えてくれているのだと、八重はいつも思っていた。

卯吉が料理屋の下働きをしていた頃は、一番よかった。いくつもの仕事を掛け持ちしなくても、毎日料理屋で働けて、安定した賃金をもらえた。それにも増して、余った食材や作りすぎた料理を分けてもらえるのが、八重はうれしかった。今まで食べたこともない、おいしいものが食べられた。兄はもらったお金でお惣菜を買う必要がなくなり、そのままお梅に渡すことができた。お梅は、このまま卯吉が料理屋の男衆として、正式に雇ってもらえればと、願っていたに違いない。

八重も七歳から子守に出た。

八重の暮らした裏長屋は、みすぼらしくはあったが、人の心の垣根が低くて温かいところもあった。皆、似たり寄ったりの貧乏暮らし。人に言いたくない過去を持つ者も大勢いただろうが、お互いさまという雰囲気だった。長屋のおかみさんたちは、気軽にお梅親子に声をかけてくれた。

八重が自分より年下の子と遊んでやったり、おかみさんたちに留守番を頼まれて、ついでに赤子をあやしたりすると、おかみさんたちはえらく喜んで、ご飯のおかずや、甘いものをくれたりした。そうこうしているうちに、あの子は子守がうまいよ、と評判になった。ちょうどそんな時、大家の奥さんが四人目の子供を産んだ。奥さんは病弱だったから、ちょっと手伝ってほしいと頼まれて、八重は正式に子守として働き始めた。大家の奥さんの赤子に手がかからなくなってからも、すぐ他から声がかかった。八重はちょっとした仕事でも嫌がらずに、よその長屋でもどこでも出向いた。表店で商売するおかみさんたちは、八重の上得意であった。

こうして、卯吉が料理屋、八重が子守として働いていた頃は、それまでとは格段に、暮らし向きが楽になった。

しかし、卯吉は三年ほどすると、知らないうちに料理屋を辞めてしまった。同時に、長屋に帰ってこない日が増えていった。

兄は大人っぽく、いい男になったと、八重はその頃思っていた。それに加えて、少しやさぐれた、危ない匂いがした。八重は不安だったし、お梅も気を揉んだに違いないのだが、息子に意見することはなかった。

「母さん、兄ちゃんの様子、なんだかおかしいよ。お店、辞めちゃったのかな。あんないい働き口はないのに。もうちょっと頑張れば、正式に雇ってもらえるかもしれないのに。もったいないよ。母さん、言ってみた方がいいよ」

お梅はしばらく黙っていてから、ぼそりと言った。

「あの子はあの子なりに、何か考えているのだろうよ。苦労させているからね。母さんからは何も言えないよ」

(苦労しているのは兄ちゃんだけではない。母さんも、自分もそうだ。いや、長屋の人みんながそうだ。母さん一人が小さくなることはない。しかしそう言えば、自分も母さんに叱られた覚えがない。なぜだろう。母さん、なんだか水くさいよ)

八重は、自分の思いを口にすることがなぜかはばかられて、何も言わずに飲み込んでしまった。

お梅はもともと寡黙な人であり、あれこれ言い立てて昔のことを思い出させるのも酷かなと、八重は口をつぐんだのだ。兄に対しても、その思いは同じだった。

それでも卯吉はしばしば長屋を訪れて、お金を置いていった。金額にはばらつきがあり、何をして稼いだ金なのか、八重は聞き出せないでいた。

「すまねぇなあ。これしか稼ぎがなくて。兄ちゃん、今度はもっと頑張るからな」

卯吉はいつも顔をそむけて、恥ずかしそうに言うのだった。

「何言ってるのよ、兄ちゃん。大助かりだよ。あんまり無理はしないで。私だって子守の他にお針を習って、夜は母さんを手伝ってる。だから兄ちゃん、体だけは気を付けてよ」

八重はせめて明るい声で、また家を出ていく兄を見送るのがやっとだった。学もなく、手に職もない田舎出の少年が、何をして金を稼いでいるのか、悪いことを考えると恐ろしくなる。卯吉ぐらいの年齢で、店の奉公人や職人の徒弟として、厳しい生活に入っていく少年はたくさんいた。兄がそんなまっとうな暮らしに背を向けたのは、幼い頃、造り酒屋でいじめられたせいかもしれないと、八重は思った。

しばらくそんな生活が続いたが、八重は十三歳の時、突然母を失う。それはあまりにもあっけないお梅の死だった。

お梅が仕立物を店に納めに行った帰り道、何かに驚いた暴れ馬が、お梅に突進してきた。馬に蹴られたお梅は打ち所が悪く、気を失ったまま、その日のうちに亡くなってしまったのだ。

まだ三十六歳だった。しかし、長年の苦労のせいで、老婆のようにやつれた死に顔だった。この母親の一生にどんないいことがあっただろうかと、八重はつくづく悲しかった。大旦那と隠居所で暮らした八年間が、それでも一番幸せだったろうか。兄が料理屋で働いて、まっすぐ長屋に帰ってきたあの頃が、安らかだったろうか。いずれにしても、あまりにもささやかすぎる幸せではないだろうか。

しかし八重には、ゆっくり泣いている暇はなかった。習い覚えた針仕事も、まだ一人前というわけではない。それでは食べていけない。八重はその頃流行っていて、店数も増えていた牛鍋屋に、住み込みの働き口を見つけた。

牛鍋屋と言えば、文明開化の横浜と思われがちだが、意外にも最初に店を出したのは、東京の銀座とも、江戸末期の芝であったという話もある。鉄道や船舶によって関西から牛が輸送され、横浜と競争するように、東京では店が増えた。食事だけでなく、遊ぶ場所にも事欠かない浅草は、牛鍋屋にとって好立地であった。

そばには遊郭も控えていたから悪所近くで子供を働かせるのはいかがなものかと、心配してくれる人もいた。

国が殖産事業として後押しする、製糸工場の女工になることを、八重も考えないではなかった。

近代製糸業は、養蚕の盛んな信州、上州、甲州など、東日本で発展しており、主に農家の娘たちが女工として働いていた。工場の労働環境は厳しく、その割には低賃金だとささやかれてはいたが、それでも貧農の暮らしよりはましだったのだろうか。

東京近郊では八王子で製糸業が盛んで、製糸の輸出港である横浜とを結ぶ道は、「絹の道」とも呼ばれた。

しかし、八王子は八重にとって不案内な場所だったし、子供の足にはとてつもなく遠い所に思われた。

自分がそんな遠い所に行ってしまったら、たった一人の身寄りである兄に会えなくなる。兄がどこに住んでいるのかはわからないのだが、時々は必ず会いに来てくれる。自分が浅草のどこかにいれば、兄は捜し当ててくれるだろう。そしてそれが、たとえ店の勝手口でも、あるいは垣根越しであっても、顔を合わせて互いの無事を確かめられる。

八重は浅草に残って、牛鍋屋で働くことを選んだ。

最初はまだ子供だというので、賄い方の下働きをした。使い走りやら水汲みやら、野菜を洗うやら、裏方のまた裏方だ。

十五歳になると、表のお運び役に回された。

八重の器量はそこそこであった。長屋で暮らしていた頃は、住人たちから長屋小町と言われたものだ。兄の卯吉も顔立ちはよかったから、美男であったという大旦那の血を受け継いだと思うのだが、気性は母に似て暗い方だと、八重は自分でも思っていた。おとなしい娘だとほめられることもあるが、客相手の仕事ができるかどうか、八重は不安だった。それでも気を奮い立たせて、女衆たちに混じって、八重は懸命に働いた。

牛鍋屋で働いているうちに、八重には気づいたことがある。手広く商売していたはずの生家の酒を、とんと見かけないのだ。店に出入りする酒屋に尋ねても、そんな銘柄は知らないと言う。かつては下り物と呼ばれて貴重であった上方の酒が広まって、東京近郊の酒など、相手にされなくなったのだろうか。それとももともと、その程度の代物だったのか。

こんな庶民的な店でも扱ってもらえない安酒を、天下を取っているような顔で商っていた生家の人たち。そしてそんな人たちに、ビクビクしていた自分たち。全てが滑稽でもあり悲しくもあって、八重は胸にチクチクする痛みを覚えた。

しかし、やがて八重に転機が訪れる。

夫になる高井幸三郎《こうざぶろう》と、この店で出会うことになるのである。

幸三郎は薬問屋に勤めていたが、慶応年間に旧幕臣の三男として生まれた。明治維新の大騒動の頃は、まだ物心もついていない。しかしどこか、皮膚感覚が何か覚えているような気もするらしい。

三百年近く、武士にとって絶対的存在だった徳川幕府が倒れた。倒幕だ佐幕だ、開国だ攘夷だと、嘉永六年の黒船来航以来、世の中は大混乱に陥った。

そして、最後の将軍が大政奉還を決めても、江戸城が明け渡されても、納得のいかない武士たちは、上野山、会津、五稜郭と政府軍相手に転戦し、命を花火のように散らして滅んでいった。

幸三郎の父親は、そんな世の中を、比較的静かにやり過ごした。

彼の本音はどこにあったのだろう。

慶応三年のパリ万博使節団に彼も加わっていたぐらいだから、開明的な考えをもともと持っていたのかもしれない。自らの思想や立ち位置を、声高に主張しなかっただけで、徳川の幕府やら武士の矜持といったものが、どれほど小さな閉ざされた世界であるかを、早くから感じ取っていたのかもしれない。彼のそういう身の処し方は、結果、自身と家族を救い、明治の世に生き残った。

新政府に伝手があったものか、長男を役人として政府に送り込んだ。武に長けていた次男は警察に入ることを希望していて、幹部候補として採用された。

さて、三男坊の幸三郎であるが、彼は商売をやりたかったのである。

母親が自分にも役人になってもらいたがっていることは、幸三郎にもわかっていた。商人になるということが、士族にとっては恥辱であると、母親が思っていることも知っていた。

維新前から、武家に生まれた次男、三男は、身の処し方に苦労したものである。家督を継げる長男以外は、仕事がない。娘しかいない家に婿として入れればいいのだが、必ずしも都合のいい話は転がっていない。幕府の制度というものが、根本的におかしかったのかもしれない。それで、仕方なく商家に丁稚のようにして奉公に出る者もいた。それは本人にとっても不本意なことであったし、周囲から長く陰口や冷笑の的にされるのも、幸三郎は幼い頃から見知っていた。それで彼は、自分の抱いている夢を、母親に対しては心苦しく思ってきた。

しかし、父親は経済活動の重要さも認識していたから、息子が商人になることを快く許した。のみならず、薬問屋で十数年勤めた幸三郎が、漢方でも蘭方でもなく、ドイツから薬を輸入する会社を興したいと夢を持った時、父親は資金援助さえ申し出てくれた。

薬問屋を円満に辞去する話もまとまり、共同経営をする友人と、それぞれ出資金の調達もできた。起業を実行する直前の打ち合わせに、幸三郎は八重のいる牛鍋屋を、しばしば利用したのだ。

そして、八重を見初めた。

息子の起業と、どこの馬の骨ともわからない娘との結婚話を、同時に聞いた幸三郎の母親はまた面食らったが、幸三郎は優しく八重に言ったものだ。

「私はこれから、日本人には馴染みの少ない異国人相手に商売をする。異国の人間との付き合いがどういうものだか、正直私も、よくわかっているとは言い難い。商売そのものも、成功するという保証はない。乳母日傘《おんばひがさ》で育った良家のお嬢様では、私の嫁は務まらない。

あなたは苦労も知り、耐える力も持っている。誰彼と差別することのない、あなたの丁寧な人あしらいは、商人の嫁として、最もふさわしい。奥向きのことだけではなく、私の仕事でも、力を借りることになるかもしれない。よろしく頼む」

だいぶ買い被られている気がしたが、八重は身一つで、牛鍋屋から嫁に出ることになった。幸三郎は仕事の拠点を横浜と決めていたから、八重も落ち着く暇もなく、名前だけは聞いたことのある多摩川を渡った。

実業家夫人

横浜は明るい街だった。賑やかさの香りが浅草とは違うと、八重は思った。行き交う人が、どこかしゃれていて進歩的。外国人が多いせいだろうか。人々の心が、外国や未来に向けて開かれているせいだろうか。

幸三郎の仕事は思ったより順調に展開し、人を雇い入れるまでになった。手伝ってもらうかもしれないと言われていたが、八重の出る幕はなく、家のことさえしていればよかった。八重が最初の子供を身ごもると、幸三郎は女中まで雇った。

女中の子供として生まれたのに、女中を使う身になって、八重は戸惑った。

奥様、奥様と呼ばれると、八重は背中に冷たいものが流れる気がした。

幸三郎はずいぶん優しいことを言って自分を嫁にしてくれたが、これは分相応のものなのだろうか。下働きの女中であった母親が大旦那に囲われたのと同じように、親もない、牛鍋屋のお運び女であった自分が実業家の嫁になることは、世間から後ろ指を指されることではないのだろうか。

結婚話が持ち上がった時から、心にふつふつと湧き上がる想い。なるべく考えまいと封印してきた想いが、女中を使う立場になって新たになった。

女中という存在は、母のお梅でもあり、意地悪な女中頭お兼でもあった。その人たちに、一日中後ろ姿を見張られているような気がした。

横浜という新天地で浴びていた明るい光に、少しだけ陰りが差した。八重にとってはそういう出来事だったのだ。

しかし、経営者として成功しつつある幸三郎は、自分の妻が女中を使うことに何の抵抗もない。八重もわけのわからないことを言って幸三郎を煩わせたくないと、心の中は表に出さずに暮らしていた。

ほどなくして、娘が生まれた。長女美和《みわ》は愛らしい赤子で、成長すると一層それは際立った。

「この子は八重に似てべっぴんさんだ。美和、お前はいいお母さんを持って幸せ者だな」

幸三郎はしきりに言ったが、言われるたびに、八重には胸に小さなしこりができていくような気がした。

幸三郎の愛情や優しさはわかっているのに、八重は素直に喜べない。何が引っかかっているのか、自分でもよくわからないのだが、少なくとも、自分がほめられるようなことではないと思ってしまうのだ。

美和が華やかなのに全体としてはすっきりとした印象なのは、松伏の大旦那の整った顔立ちと、兄卯吉の涼やかさを受け継いでいるからに違いない。決して自分に似ているからではないと、たいしたことでもないのに八重はこだわってしまう。

美和が三歳になった頃、八重はいつもの絹物ではなく、赤い絣の着物をあつらえて、美和に着せてみた。

ちょうどこの子ぐらいの年に、自分が松伏で取り上げられたあの赤い着物はこのようなものだっただろうかと、八重はしげしげと我が子を見た。

あの時の着物はどうなったのだろう。

座布団か何かに縫い直されたか。古着屋にでも売られてしまったか。それとも、汚らわしいと捨てられただろうか。

久々に在宅していた幸三郎が、美和に気づいた。

「おや、やけに安物を着せているじゃないか」

「いえね、この頃外遊びが多くなりまして、着物をすぐ汚してしまうんですよ。それで、簡単に洗えるものをと思いましてね」

「そうか。外でよく遊ぶのか。子供は元気な方がいい。着物なんて、いくら汚してもかまわんよ。しかし、これはこれでかわいい。美和は何を着てもかわいいなあ」

幸三郎は、目の中に入れても痛くないという風情で美和を招き寄せた。美和もキャッ、キャッとうれしそうな声を上げて、父親に抱きついていく。

しかし八重は、そんな父と子を見ながら、再び胸がチクチクするのを感じていた。

美和が着ているような赤い絣の着物は、かつて自分が、こんな上等なものは不相応だと、はぎ取られたものだ。

それを夫はあっさりと、安物と言ったのだ。

そうか。あの着物も安物だったのか。それさえ身に釣り合わないと、自分は蔑まれていたのか。

この時感じた胸のチクチクは、その後長く、八重の懊悩の元となる。

何不自由ない生活。優しい夫。人が振り返るほどの愛らしい娘。これが幸せというものだ。自分は今、それをしっかり摑んでいるのだとわかっていても、わかればわかるほど、原点としての自分との乖離に、八重は苦しんだ。

ふと、一人の小さな女の子が顕《た》ち現れてくる。

冬ざれた寒々しい景色の中で、肌着しか身に着けていない女の子は泣きじゃくっている。

今度は、その女の子は、荒れ狂う北風に追われて、トボトボと歩いている。

この女の子こそが自分。

自分はまだ、あの光景の中にいる。

いいかげん、忘れてしまえと、八重は自分でも思う。やっと光の当たる所に来た。光の中で、ゆっくり手足を伸ばせばいいのに。

でも、その女の子が言うのだ。

忘れないで、と。そばにいて、と。一人にしないで、と。

あの子を置き去りになんかできない。過ぎたことだと忘れてしまうなんてこと、できるものか。自分こそが、いつまでもあの子のそばにいて、抱きしめてやらなくてはならない。だってあの子は、本当の自分は、まだ裏庭で泣いているんだもの。野道で凍えているんだもの。

八重の心の中では、昔の自分と今の自分が、うまく繋がらないでいる。昔の自分こそ本当の姿で、今ここでこうしているのは、絵空事のように思われる。幸せであればあるほど、そう思う。

第二章　冷淡

母の影

八重は美和の後に、立て続けに三人の娘と息子一人を授かった。

子供たちを品定めするわけではなかったが、美和の資質はやはりどの子より、飛びぬけてよかった。見た目がかわいらしいだけではない。性格もよかった。朗らかで人懐こいが、同時におとなしくつつましやかだった。誰が教えたわけでもないのに、女中や会社の使用人たちに対しても丁寧で、年長者への敬意を表した。美和は誰からも好かれた。

「いやあ、またほめられたよ。商談に来ていた客が、ちらりと美和を見かけたそうだ。まだ小さいのに礼儀正しく、何てよいお嬢さんだと、しきりに感心していたよ。八重のしつけは素晴らしいなあ。まさに母親の鑑だ。学校の成績もいいそうじゃないか。私は家のことはお前に任せきりだが、おかげで鼻が高いよ」

幸三郎は、いつも八重をほめてくれる。美和がかわいらしいのも、性格がよいのも、勉強がよくできるのも、八重のおかげだと言ってくれる。

八重は微笑みながらも、そうではないと、やはり思ってしまう。

美和がおとなしく慎み深いのは、母のお梅に似ているからだ。朗らかで人に好かれるのは、兄の卯吉そっくりだ。勉強ができるのは、士族であった幸三郎の血を引いているのだ。

かろうじて読み書きを習うことができた兄と違って、八重は誰からも手ほどきを受けることができなかった。嫁に来るまでには、なんとか見よう見まねで、平仮名と簡単な漢字を覚えていたが、子供たちの学校の勉強など、とても見てやることはできなかった。

子供たちがこうやって順調に成長していくと、八重はさらに複雑な想いを抱え込む。どうしても、子供の年齢に合わせて、自分の昔を思い出してしまう。

子供を小学校に送り出すと、子守をしていた頃の自分の姿がちらつく。兄は料理屋で働いて、薪を割っていたのだと思い出す。

娘たちが女学校に上がる年頃になると、母親の死を偲ぶ。一人ぼっちになった自分は、牛鍋屋に住み込んで、あかぎれだらけの手で野菜を洗っていた。兄はどこで何をしているやら、わからないままだった。

娘たちが成長してもっと年頃になると、かつて酔客に手こずりながら熱い牛鍋を運んでいた自分が、とても卑しかったように感じる。娘たちにはそんな生活は思いも寄らぬことだろう。昔の母親の姿を知ったら、軽蔑するかもしれない。

自分の子供たちに嫉妬しているわけではない。決してそうではないと思いながら、いちいち比べてはふさぎ込む八重がいた。

八重はふと、母のお梅を思い出した。

子供の頃、兄がまじめな生活に背を向けた時、それと知りながらお梅が兄に意見しなかったこと、そして自分も母に叱られたことがないのを、変によそよそしく感じたことを思い出した。

母は兄と自分をどう思っていたのだろう。

子供がかわいかっただろうか。子供を産んでうれしかっただろうか。幸せだと思っただろうか。

お梅はいつも穏やかで優しかったが、それは本当に子供への愛情だったろうか。

母にとって、子供は何だったのだろう。

そして自分にとって、子供は何なのだろう。

そんな気持ちを押し隠すように、八重はできる限り子供たちを飾り立て、贅沢をさせた。

美和には小学生のうちから、琴とバイオリンを習わせた。外国通の夫は、片言の日本語を話せる、外国人のバイオリンの先生を連れてきた。

美和は琴の師匠が来る日は振り袖で、バイオリンのレッスンの日はフリルのついた洋服で稽古に励んだ。何でも呑み込みが早く、すぐに上達した。

美和だけではなく、下の子供たちも、よくこのバイオリンの先生に連れられて、根岸の競馬場に馬が走るのを見に行った。

競馬はヨーロッパでは上流階級の社交で、横浜に居留する外国人のために、根岸には日本で最初の競馬場が作られていた。

シルクハットをかぶってステッキを持った紳士や、優雅なドレスにレースのパラソルを差した婦人たちに混じって、子供たちは馬を眺めては楽しんだ。晴れやかな風に、子供たちは吹かれていた。

息子は中学に入る年に慶應の普通科に入れ、そのまま上の学校に進ませるつもりだった。下の娘たちも次々に高等女学校に入っていった。袴に短靴といういでたちで、テニスに昂じたりして笑いさざめいていた。

しかし、女学校の学年が進むにつれ、美和の表情に陰りが見え始め、物思いに沈むようなしぐさを時折見せるようになった。

幸三郎は美和の縁談のことを考えていた。

「誰しも、女学校を終えるまでには、お相手が決まっているものだよ。美和にもずいぶんいい話が、たくさんあったじゃないか。八重、お前はなかなか気に入らなかったようだな。確かに美和はよくできた子で、お前がもっともっと高望みをする気持ちもわからないわけじゃない。でも、美和が行き遅れてしまったら、かわいそうだ。

私は逆に、家柄や財産などはどうでもいいと思っているんだよ。実直に働いて、美和を大切にしてくれる人ならばいい。お前だって、苦労覚悟で私と一緒になって、こんな立派な家庭を築いてくれた。お前の娘だったら、きっとどこでも務まると思う。

あれだけかわいい娘を嫁に出すんだ。私もさみしい。お前もそうだろう。でも美和のためだ。なるべく早く、目星をつけて話を進めよう」

いや、違う。自分は幸三郎が思ってくれているような人間とは真逆なのだ。

自分は美和の結婚相手を選り好みしているわけではない。娘の嫁入りがさみしいのでもないことを、八重は知っていた。

美和がこれ以上輝くのが、咲き誇るのが、自分には耐えられないのだ。そう自覚するのは、八重にはつらいことだった。

なんという母親だろう。

何の落ち度もない自分の娘に、なぜそのような感情を抱くのか。

不幸せになれなどと、決して少しも思っていないのだ。それなのに、美和の幸せがまぶしくて直視できない。何のかんのと言い繕って、一日一日と伸ばしているだけなのだ。

以前感じた胸のチクチクは、幼い頃の自分と今の自分との乖離だった。しかし今は、現在の自分すらバラバラだった。

いったい自分はどこにいるのか。本当の自分は誰なのか。

自分はどこに向かっているのか。

いや、八重にはうっすらとわかっていた。せっかく恵まれた幸せな母親になれたのに、過去にこだわるあまり、現在の自分を肯定できない。自分の子供たちにさえ違和感を覚えている。それが自分を縛ってしまうのだ。

そうこうするうちに、美和の陰りは深くなった。

嫁ぎ先が見つからないからだと、幸三郎は気を揉んだ。

八重は、母である自分の芯の冷たさを、美和が感じ取っているのだろうと思っていた。

しかし、それは違っていた。

美和は胸の病を患っていたのだ。

そうとわかってからは、病の進みは早かった。

わがままも言わず、恨み言も言わず、こんな病気になって、心配かけてごめんなさいと言いながら、女学校を卒業してほどなく、美和は亡くなった。

八重は愕然とした。

美和は夢のような娘だったと思う。

大旦那やお梅や、卯吉や幸三郎のよいところばかりを集めて生まれてきた。美和は、自分の夢の権化だったのか。自分は美和という夢を見ていたのか。その夢を現実のものとして受け入れず、突き放そうとさえしたから、美和は本当に、夢のように儚く消えてしまったのか。

　しかし、八重の胸のチクチクは収まった。あちらこちらに散らばった自分のかけらが戻ってくるようだった。


　それからの八重は、淡々と母親としての責務を果たした。

　八重は他の子供たちに、あまり関心を持てなかった。

　息子にはそれなりに、心をかけた。特にかわいかったというわけではない。長男であり、ただ一人の息子だったからだ。長男というものは、当時は皆、そのように育てられるものだったのだ。

　美和に比べると何もかも数段落ちる下の娘たちには、八重は心を寄せることができなかった。

それでは、美和だけを愛していたのか、と、八重は自問する。いやむしろ、憎んでいたのではなかったのか。

愛情と憎しみは同じものなのか。

美和に特別の感情を持っていたことだけは確かだ。それゆえに八重は苦しんだ。

それでは、これと言って秀でたところのない他の子供たちには、嫉妬する必要もないのだから、気軽にかわいがってやることができればいいものを、八重にはそれもできない。

再び、母お梅のことを考える。

母は今の自分と同じような気持ちで、兄と自分に接していたのではないだろうか。

お梅は、子供が生まれてしまったから、一緒にいただけに過ぎないのではないか。子供が欲しかったわけでも、生まれてうれしかったわけでもないのだろう。

造り酒屋の大旦那の言う通りにしていたら、子供が二人もできていたのだ。

おそらく母は、常に人の言いなりになって生きていたのだろう。

親の言いなりになって身売りされ、雇い主の言いなりになってこき使われ、旦那の言いなりになって囲われて子供を産んだ。

昔から、多かれ少なかれ女はそういう生き方を強いられるものではあったが、お梅の大いなるあきらめの形が、自分と兄だと思うと、情けない気がする。

では、大旦那は、自分の父親はどうだったのだろう。

お梅を囲って子供をもうけたのは、長らく自分を押さえつけていた、店や家付き女房への面当てに過ぎなかったのではないのだろうか。

自分は両親に愛されなかった。両親は子供を愛する人ではなかった。優しくはしてくれたが愛してはくれなかった。

そういう人間もいるのだ。

そして、それは自分も同じだ。

特別な子供であった美和に対しては暗い想念を抱き、凡庸な子供たちには蔑みの感情さえ湧いた。しかし、下の子供たちへの蔑みは他人の子を見る時のような感覚で、八重の痛みにはならなかった。

子供たちを冷淡にしか見られなかったことは、母親としての八重の不幸であった。そして、育てられる子供たちの不幸でもあった。

それでも相変わらず、八重はうわべだけは取り繕って、娘たちの贅沢やわがままに、できる限り応じてやった。

息子は、新設されて間もない、慶應義塾大学に進学が決まった。

次女の和香は嫁に行った。美和の時と違ってすんなり決まった。おそらく八重が口を挟まなかったからだ。

幸三郎は次女が片付いたことをことのほか喜んだ。

しかしそれでほっとしたのか、美和の死が応えたのか、病を得て、愛娘の後を追うように亡くなってしまった。

幸三郎の会社は、設立当初からの共同経営者である友人に、全て委ねることになった。息子はまだ学生であるし、八重は仕事のことはわからなかったからだ。

自社株の買い取り、出資金の返金、退職金などの手続きをする中で、その友人は八重たちの行く末を考えて、恩情をかけてくれた。

これで息子の学費の心配はないし、娘たちを嫁に出しても、息子が働き出すまでどうにかなるだろうと思えた。

そんな時、兄の卯吉が顔を出した。

兄はそれまで、自分が羽振りのいい時だけ訪ねてくるようで、舶来のウィスキーやワインを、

「これ、義兄さんに」

と、土産に持ってきたが、幸三郎に会うことなく、帰っていくのだった。

本当は、卯吉の方が義兄と呼ばれる立場にあるのだが、幸三郎はずっと年長であったし、幸三郎の社会的地位からも、卯吉はへりくだった態度を取った。

「兄さん、たまにはうちの人に会って、晩ご飯一緒に食べていってちょうだいよ。いつも高価なお土産ばかりいただいて申し訳ないって、うちの人も言っているのよ」

と、水を向けても、

「いや、こっちに来る用があったんだ。夕方から仕事の打ち合わせがあるんだよ。またゆっくり、寄せてもらうよ」

などと、言い逃れていた。見え透いた嘘だった。

精一杯の身なりをして、奮発した手土産を持ってきても、生活が安定していないことはそれとなくわかった。

幸三郎にそれを見透かされたくなくて、卯吉は会うことを避けているのだ。

浅草の長屋を出てから、どこでどんな暮らしをしてきたのか。人の道に外れることをしていないだろうか。

八重の心配は、子供の頃、お金を持ってきた兄がまた出ていくのを見送る時と、少しも変わっていなかった。

その兄が、やってきて言ったものだ。

「兄ちゃんはな、今金融の仕事をしている。投資をすれば、金が二倍にも三倍にもなる。義兄さんが亡くなって、これから子供にもお金がかかる。兄ちゃんに任せてみろ。必ず財産を増やしてやる」

八重の長男は、これには頑として反対した。

しかし八重は、卯吉のしたいようにさせてやりたい気がした。

おそらく、何もいいことがなかった人生なのだろう。兄は一度くらい大博打を打ってみたくなったのではないだろうか。自分くらいしか、卯吉の想いに寄り添ってやれる者はいないのだ。

八重は卯吉に、財産の半分を託した。

案の定、卯吉はそれを、小豆相場で見事になくしてしまった。

卯吉は平謝りだったが、八重はさほど気落ちはしなかった。すぐに生活が困窮するわけではなかったからだ。むしろ、卯吉の心を思うと哀れであった。

そうこうするうちに震災に遭い、その後、東京巣鴨での生活が始まったのだ。

大震災

震災に見舞われた日、八重は横浜の家に一人でいた。土曜日の半ドンで、女学校から帰ってくる娘二人のために、食事を用意していた。と言っても、女三人だけの昼食だからあり合わせである。朝炊いたご飯を握り、残り物の煮物は、娘たちの顔を見てから温めようと、待っていた。

そこに、何の前触れもなく、今まで経験したことのないような激震が襲った。家全体が、傾いたような気がした。

そばにあった茶簞笥が、食器をまき散らしながら部屋の片方に滑っていき、別の方から転がってきたものとぶつかって止まった。奥の方で、もっと破壊的な音がした。二階が崩れたかもしれない。

強い揺れで八重は満足に立つこともできず、這うようにして表に出ると、町のあちこちから火の手が上がるのが見えた。八重がアッと思う間もなく、火は瞬く間に町全体を覆った。いつもは緑濃い山手の丘は、さながら火の山のようだった。

八重は山手の丘を下りたあたりに住んでいた。

山手には西洋人の外交官や日本人の富裕層が、広大な邸宅を構えていた。ふもとの町屋の火が、もう、丘の上まで回っている。台風が通過した後で、まだ風が強かったのが災いしたのだろうか。八重は心が折れるような気がした。

どこに逃げていいかわからない。とりあえず、人の流れに混じって、八重は駆けた。

少人数ずつ、安全そうな場所に身を寄せると、男たちは自警団を作って、さっそく消火作業を始めた。ありがたいことだったが、水道も分断されて、難儀なようだった。

夜遅くになって、二人の娘が八重を探し当てて合流した。途中までは女学校の指導の下で避難していたという。

息子は東京の学校に行っているのだから、すぐに会えなくて当然だった。必ずしも不吉なことがあるわけではない。度重なる余震におびえながらも、八重にもそんな理性が戻ってきた。

翌日、火災が収まると、八重は自宅の様子を見に行った。家はほとんど崩れていたが、焼け残っている部分もあった。八重自身が火を使っていなかったことが幸いしたのだろうか。

すると、何かをわめきながら道を走って行く集団に出会った。また火事が起きて逃げているのかと、人々が走ってきた方向を見たが、そんな気配はない。何事かと思ったが、走っている人々の目が異様に血走っていて恐ろしく、ついて行ってみる気にはなれなかった。

避難所に戻ると、朝鮮の人を成敗してきたのだと、得意げに話す人がいた。警察や役所からも、不審な外国人を取り締まるよう通達が出たのだと、その人たちは息まいていた。そう言えば、地震の直後から、朝鮮人が襲ってくるとか、井戸に毒を入れたとかいう噂が飛び交い、八重たちも少なからず不安を覚えたのは事実だ。

しかし、そんなことが本当にあるのだろうか。

激震に見舞われたあの瞬間、まともに立つことも歩くこともできない状況の中、朝鮮や中国の人が集まって、さあこれから放火しよう、井戸に毒を撒こうと、相談したとでも言うのか。それとも、あちこちに散らばって住んでいるその人たちが、同時に放火や毒を入れることを思いついて、それぞれに実行したと言うのか。あるいは、あの人たちは、この大災害が起きることを予知していて、あらかじめ準備をしていたとでも言うのだろうか。

激しい地震に驚愕し、家族を案じながら逃げまどっていたのは、自分たち日本人も、朝鮮や中国の人も同じではなかろうか。あんな状況の中で、誰も謀を巡らせる余裕などあり

郵便はがき

料金受取人払郵便

新宿局承認

2524

差出有効期間
2025年3月
31日まで
(切手不要)

1 6 0-8 7 9 1

141

東京都新宿区新宿1－10－1

(株)文芸社

愛読者カード係 行

ふりがな お名前			明治 大正 昭和 平成	年生 歳
ふりがな ご住所	□□□-□□□□			性別 男・女
お電話 番 号	(書籍ご注文の際に必要です)	ご職業		
E-mail				

ご購読雑誌(複数可)	ご購読新聞 新聞

最近読んでおもしろかった本や今後、とりあげてほしいテーマをお教えください。

ご自分の研究成果や経験、お考え等を出版してみたいというお気持ちはありますか。

ある　ない　内容・テーマ(　　)

現在完成した作品をお持ちですか。

ある　ない　ジャンル・原稿量(　　)

書　名					
お買上 書　店	都道 府県	市区 郡	書店名		書店
			ご購入日	年　　月　　日	

本書をどこでお知りになりましたか?

1.書店店頭　2.知人にすすめられて　3.インターネット(サイト名　　　　　　　)

4.DMハガキ　5.広告、記事を見て(新聞、雑誌名　　　　　　　)

上の質問に関連して、ご購入の決め手となったのは?

1.タイトル　2.著者　3.内容　4.カバーデザイン　5.帯

その他ご自由にお書きください。

(　　　　　　　　　　　　　　　　　　　　　)

本書についてのご意見、ご感想をお聞かせください。

①内容について

②カバー、タイトル、帯について

弊社Webサイトからもご意見、ご感想をお寄せいただけます。

ご協力ありがとうございました。

※お寄せいただいたご意見、ご感想は新聞広告等で匿名にて使わせていただくことがあります。

※お客様の個人情報は、小社からの連絡のみに使用します。社外に提供することは一切ありません。

はしない。

その後八重は、自宅からそう遠くない交番の前で、朝鮮人虐殺があったことを知った。

ああ、あの日、八重の前を走って行った集団は、その殺人の加担者か野次馬だったのだろう。嫌なものを見てしまった。お上のお墨付きを得ているのだから、彼らは朝鮮の人が悪者だと信じていたのかもしれないが。

しかし、彼らの目に正義感や義憤の想いが見てとれただろうか。八重には見えなかった。

あれは、生贄を求める目だ。

自分に降りかかった災難。自分の置かれた不本意な状況。その、やり場のない怒りや恨みを、より弱い者を痛めつけることで晴らそうとする目だ。

そういう目を、昔、見たことがある。

浅ましいこと。

広く外国と交わり、大きく開かれていく息吹を、常に感じていたはずの横浜の人々。しかし、一皮剝けば、狭量な島国根性でよそ者を排除する、昔ながらの人たちだった。激震は開明の地の屋台骨を崩し、火災旋風は、うわべだけの華麗な装飾を焼き尽くした。

この横浜は、産声を上げた新しい日本の、揺籃《ようらん》の地であったはずだ。それが早くも老い、病み始めたのだろうか。

しばらくすると、息子が東京から、這う這うの体で帰ってきた。東京も壊滅的な被害を受け、鉄道は寸断された。横浜へ帰る道もよくわからない中、息子は歩き通してきた。崩れかけた橋を渡るのは命がけだったと、息子は言った。

せっかく帰ってきても、ゆっくり休ませてやる余裕もなく、男手を得たことで壊れた家の後始末が進んだ。

登記簿などの大事な書類を入れていた小箱が、倒れた柱の下で押しつぶされているのを見つけた時はうれしかった。中の書類は、幸いにも焼けていなかった。

地震から七日後には早くも鉄道が復旧し、運賃は無料にするから、伝手のあるものは避難するよう、役所から通達があった。

八重の身寄りと言えば、東京に嫁いだ次女の和香一人きりだが、安否のほどはわからない。とりあえず、家を片付けながら、あてがわれたバラック小屋と往復する日々だった。

そこへ、和香の家の使用人太助《たすけ》がやってきた。震災になる前、何度か和香のお供で来ていた者だが、焼け野原の中で八重の家族の無事を確認することができて、大いに安堵したらしい。いきなり、腰が抜けたように座り込んでしまった。

息を整えると、彼は和香夫婦が、八重一家を東京に引き取る準備をしていると話した。東京もむろん大打撃を受けていたが、巣鴨の和香の家は、幸いにも被災を免れたという。巣鴨はお地蔵様の門前町を外れると、田畑の多い、むしろ寂しいくらいの町だった。それで、火災の被害が少なかったのかもしれない。

八重の家は夫幸三郎が亡くなってからは、事業も人手に渡り、財産もあらかた失っていて、横浜にこだわるいわれはなくなっていた。特に、虐殺騒ぎの時、あの人々の恐ろしい目を見てしまってからは、今後も何事もなく近所づきあいをしていくのは嫌だと思った。東京でも同じようなことがたくさん起こったと聞いたが、関係者が近所にいると思うのとそうでないのとでは、ずいぶん違う。

東京では和香の夫正造《しょうぞう》が、すぐに借家を見つけてくれて、とりあえずそこで生活を始めた。やがてそこがあまりにも手狭で粗末なので、前よりはだいぶましな家作を手配してもらった。日用品や調度品も、すぐに調った。

和香の家に何人かいる書生たちが、大学の教員をしている正造の命令一下で、てきぱきと動いてくれるのだ。和香もこの書生たちに、米、味噌、塩や砂糖を運ばせ、自分は到来物の菓子などを持って、呑気な顔をしてやってきた。妹たちには、自分には派手になった着物や、紅おしろいの類も与えていた。

連鎖する家族

八重が震災の前に、すでに財産の半分を失ったことについて和香の口から聞いていた正造は、黙っていろいろと援助をしてくれたのだ。

しかし、息子の学費を払い、贅沢に慣れた娘たちのわがままに付き合っていると、先行きは不安なものになっていった。

それだけでなく、卯吉が中風で倒れた。

卯吉に預けてなくしてしまった財産のことを、八重は初めて惜しんだが、何事も後の祭りだ。家庭を持たなかった卯吉は、正造と和香の家に引き取られて、終生そこで面倒を見てもらうことになる。

学校を出た八重の長男の就職先も、正造が用意した。

三女、四女の嫁入り先も、そろそろ考えねばならなかった。

しかし、これらのことを全て正造の力を借りなければならないことが、八重の憂鬱を増やしていく。

息子はなまじ切れ者で、弁が立ったものだから、しばしば会社の上司と衝突して職を辞した。正造はその専門分野のおかげで経済界に顔が広く、息子にすぐ別の会社を紹介してくれた。

しかし息子が、いかに会社の上司が旧弊であり、自分の意見こそが正しいのだと、辞職の理由を語ろうとするものだから、正造は嫌な顔をした。

娘たちも、正造が多彩な人脈の中から、これはと思う人を選んでくれても、やれ、向こうの親からこんな嫌なことを言われたとか、恋人とけんかしたから、義兄さんなんとかしてくれとか、愚痴のようなことまで正造に聞かせたから、正造はうんざりした顔を見せた。

「結論から先に話してくれ」

「どうしてほしいのか言ってくれ」

「今度はどういう会社に入りたいのか」

「希望する職種があるのか」

「婚約者の親が求める持参金は、どれくらいのものか」

「けんかをした恋人と別れて、他の見合い話を紹介してほしいのか」

と、正造はよくそんなことを口にした。

在宅している時でも正造には、講義の準備やら本の執筆やら、山ほどの仕事があった。青二才の経営論や、小娘の痴話げんかに付き合っている暇がなかったのは事実だろう。妻の身内だから仕方なく、その場に出てきたが、他人であったら門前払いされたに違いない。

その正造の膝に、いつも座っている者がいた。和香の長女で加代子《かよこ》という。すこぶる父さん子であったが、父の正造はいつも忙しい。遊んでもらうことも、甘えることもできない。八重たちが代わる代わる陳情にやってきて、正造がそれに付き合うわずかな時間が、加代子にとって父の膝に乗るチャンスだった。息子や娘がくだくだと話している間、八重は黙ったままうつむいて、横に座っているのが常だった。時々目を上げると、正造の不機嫌そうな顔と、加代子の感情のない視線にぶつかって、また目を伏せた。世話になっている正造に文句を言えた義理ではないが、虎の威を借る狐のように、膝に座っている加代子はなんとしたものか。

言い訳をしてはペコペコしている自分たちを、あの子は見下しているのではないのか。お前の父親は偉くても、お前はちっとも偉くないのに。

やせっぽちでかわいくない子だ。猿の子供のようだ、と、八重は思った。

八重は、ふと既視感に襲われた。

この風景は、かつての自分と造り酒屋の女中頭お兼との構図と同じではないか。お兼が大旦那に食事を運んでくる時、傍にいた赤い絣の着物の自分と加代子は似てはいないか。自分よりはるか下の女中の子でありながら、赤い着物などを着て、大旦那の膝で自分を見下していると、お兼は八重への憎しみを募らせたのではないだろうか。

八重にとって加代子は初孫であったが、かわいいという感情は少しも湧かなかった。

加代子はどういうわけか父親だけが好きで、母親の和香にもあまり懐かなかった。祖母である八重にも、叔父、叔母に当たる八重の子供たちにもそうであったから、皆、次第にかわいげのない子供だと、加代子を疎んじるようになった。

加代子のすぐ下に生まれた志保《しほ》は、まだかわいかった。

八重たちの誰にでも甘えてきたから、八重の娘たちは志保ばかりかわいがった。少し病弱であるのも、いじらしさを増すようだった。

時々、加代子に見せつけるように志保をかわいがるといった意地悪を、八重の娘たちはしていたが、加代子は指をくわえて見ているだけだった。

本当に父親にしか関心がないのか、ただの意地っ張りなのかわからなかったが、ますますかわいげのない子供だと八重は思った。

八重自身は積極的に加代子をいじめなかったが、娘たちが志保を贔屓にするのは黙認していた。

こんなこともあった。

加代子と志保が尋常小学校に通っていた頃、八重たちは学校の近くの家をあてがわれて住んでいた。

娘たちは、加代子の担任教師が、家の前の道を通勤に使っていることを知り、ある日そっとその教師を家に招き入れた。

ちょっとした料理に酒を添えて教師をもてなしながら、娘たちは言った。

「先生、いつも姪がお世話になっております。今日はちょっと、姪のことでご相談がありまして。先生が担任してくださっている加代子には、年子で志保という妹がおります。はい、志保も学校へ上がっております。

加代子はきつい性格でして、志保をいじめてしょうがないんでございますよ。志保は生来体が弱く、加代子にあらがえないいんです。私ども、もう、志保がかわいそうで、かわいそうで。

あの子たちの両親は仕事が忙しく、家への来客も多くて、しつけが行き届かないんですよ。このままですと、加代子もとんだ嫌われ者になってしまいましょう。あの子のためにも、先生から一度、加代子に注意してやっていただけないでしょうか」

果たして、翌日登校した加代子は、

「叔母さま方からうかがったぞ。お前は妹をいじめてばかりいるそうじゃないか。お仕置きをするから、とっくりと反省しろ」

と、教師から言われて、一日中廊下に立たされていたそうだ。

この顚末は、当の担任教師がわざわざ我が家に報告してきたのだから、確かなことだろう。

「まあ先生、ありがとうございます。先生のご指導のおかげで、きっと加代子もよい子になりましょう」

と、娘たちはうれしそうに、また教師を歓待したのだった。

娘たちの言うことは、まったく根も葉もない、ということではない。しかし、一つ違いの姉妹だから、けんかもするだろうし、下の子が上にかなわないのも、当たり前のことだ。何もわざわざ、教師に言いつけなくてもよい。

お前たちだって小さい頃はそうだっただろうと、八重は娘たちに対して思ったが、咎めることはしなかった。

このことで、少なからず溜飲を下げている自分に気づいていたからだ。

自分も娘たちも、根性悪《こんじょわる》だとつくづく思った。

根性悪とは在所の言葉だろうか。それとも浅草で覚えた言い回しだろうか。

単に意地悪だとか、妬みが強いというだけではなく、それこそ心の奥の根の部分がねじ曲がっているような腐ったような人間を指す言葉だ。

卑屈な人間ほど、生贄を求める。自分のうっぷんのはけ口を探す。

皆、浅ましい目をしている。

生家の女中頭がそうだった。

震災の時に、日本人が朝鮮の人に向けた目もそうだ。

そして、自分や娘たちが、加代子に向ける目も同じだ。

自分は卑屈だ。生まれが生まれだもの。と、八重は自分に言い訳する。

しかし娘たちは、生まれた時からけっこうなお嬢様暮らしをしている。どこでこんなに卑屈になったのだろう。

そうか。人生が暗転したからか。

父親の死。財産の消失。そして震災。

けれど自分たちは今、無事でそれなりの生活をしている。

いや、させてもらっている。和香と夫の正造に、何から何まで世話になっている。

娘たちは縁談もまとまりかけている。婿選びから婚礼にかかる一切の費用を、正造は担ってくれている。

和香は楽しそうに着飾って、歌舞伎や芝居や百貨店の内覧会に妹たちを誘い、こまごましたものを買い与えていた。

その恩に対してさえ卑屈な者は、ねじれた被害妄想を抱くのだ。

娘たちは姉さん、姉さんと和香にすり寄りながら、内心では妬んでいる。自分たちをおつきの女中のように引き連れて、威張っているのだと思いたがる。

自分にも妬みがある。

八重は震災が起こってからは、確かに和香にも世話になっていた。しかしそれは、和香が親孝行というわけでもなく、優しい性格だからでもないことは、八重は知っていた。余っているからくれるのだ。自分の腹は痛まないのだ。

卯吉の世話を引き受けたのも、和香が看病したわけではない。家に何人もいる、書生や女中が全てやっていたのだ。病人にかかる費用は、夫がいくらでも稼いでくる。

子供たちの中で一番出来が悪いと思っていた和香が、よりによって、過分な夫を引き当てた。親であり、かつては裕福な実業家夫人であった自分が、こんな出来の悪い子の風下に置かれるのはしゃくにさわる。

恩を受けているのに感謝できない、これが根性悪なのだとは自分でわかっている。しかし、正造の態度も気に入らないのだ。

こちらの心情には寄り添ってくれない。話を聞いてくれない。共感や同情や、励ましの言葉をくれない。まるで野良犬に肉を投げ与えるような感じで物事を処理するのだ。肉を投げられただけだったら、野良犬だって愛情を感じない。

図らずも自分を野良犬に例えてしまって、八重はぶるっと身震いをする。そこで考えるのをやめて、別のことに気持ちをすり替える。

一日中廊下で立たされていたという加代子は、その後どうしたのだろう。

「叔母ちゃんたちのせいで、先生にこんなひどいことをされた」と、親に訴えなかったのだろうか。

父親は忙しくて、子供の泣き言などに聞く耳を持たない。正造ばかりではなく、父親というものは大概そんなものだ。

それでは母親にも言えないのだろうか。子供には子供の自尊心があって、泣きつくことができないという部分もあるだろうが、加代子は根本的に和香には甘えられないのだろう。和香は子供はほったらかしだ。加代子や志保が幼稚園の頃も、和香は自分の外出を優先して、子供たちの送り迎えは女中任せだった。

それだけならまだいい。

八重の三女と四女が女中の代わりに幼稚園に迎えに行き、意地悪なことに志保だけを連れて帰ってくることがよくあった。幼稚園に一人残された加代子は、よけいに傷ついたろう。そして、その悲しみを母親に訴えても無駄なことだと、加代子は学んでいったに違いない。

もしかしたらこの子供は、加代子は、自分以上に鋭い棘に刺されたまま大人になるのかもしれないと、八重は思った。

自分には母親と兄がいた。頼りない人たちであったたし、母も子供のことをどう思っていたかはわからないけれど、少なくとも同じ悲しみを分かち合っていた。加代子は頼りになる父親を持ち、財産にも恵まれながら、実は何も持っていないのだ。

いったい、和香のこの家庭はどうなっているのだろうと、八重は思ってみる。

和香は夫を敬うでもなく支えるでもなく、フワフワ呑気に遊び歩いている。

正造は仕事だけに夢中で、家庭も人の心も顧みない。

確かに正造は、社会的にひとかどの人物になるだろう。夫幸三郎を、はるかに凌ぐだろうとは、八重も思っている。それを見込んで、幸三郎は病の床で、残される家族の後見を、正造に頼んだのだ。

和香は人としてあの程度の器量で、よくも立派な男に嫁げたものだ。幸三郎は本当なら、美和にこそ、こんな立派な縁を結ばせたかったのではあるまいか。

しかし、美和の繊細な神経では、正造の気質は耐えられないかもしれない。

それとも、美和が妻だったら、正造のそういう心根も、少しは変えられただろうか。少なくとも自分の子供に、加代子のようなさみしい思いはさせなかったと思う。

八重はまた、不思議な感情に自分がおぼれていくのを感じていた。自分が分離していく、あの感情だ。

加代子がいじめられているのを見ると、現在の自分がかつての幼い頃の自分にも、女中頭のお兼にもなることを感じた。

加代子の心の痛みを慮る時は、幼い頃の自分を思い出した。

自分がお兼役になる時は、いじめる対象は加代子でもあり、幼い自分でもあった。

お兼になった自分が、幼い自分をいじめている。まるで、自分で自分に復讐するように。

幼い自分が泣けば泣くほど、もっと痛めつけてやりたいと思う。

ざまあ見ろ。お前なんていなくなってしまえ。消えてしまえ。

憎らしい子だ。お前が悪いんだ。全部お前のせいだ。

お前がそんなふうにみじめで薄汚かったから、今でも私は浮かび上がれずに、喘いでいるのだ。お前なんか、生まれてこなければよかったんだ。

お兼と今の自分と、幼い頃の自分と加代子と、役者を交代しながら、八重の心の中ではいじめの劇が続いていた。

八重は加代子をかわいいとは思えなかったが、分身のように感じてもいた。加代子に共感し、親和感を覚えるほどに、加代子を疎ましく思った。八重は心に波を立てながら、今まで通り、冷たい顔をして全てをやり過ごした。

やがて、娘たちも無事縁づき、息子も腰を落ち着けて働ける職場にめぐり会えて、嫁も迎えた。

八重は自分自身ではそんな贅沢はしなかったから、独り身になれば正造や和香に頼ることも少なくなるだろう。穏やかな老後が訪れるかに見えた。

しかし世の中は、急速に破滅に向かって突き進んでいた。軍靴の音が近づいていた。

第三章　戦争勃発～終戦

統制と弾圧

「戦前」は、すでにあの大震災の時に準備されていたのだ。

前向きで進歩的な空気を大地震が壊したと八重が感じたのは、あながち間違いではなかったようだ。

大正デモクラシーと呼ばれた時代に、人々が自由や権利という新しい概念に気づいたことを、国は苦々しく思っていたことだろう。

「国民があまりにも自分中心になって、お国のことはそっちのけで好き放題浮かれているので、天が震災という罰を下したのだ」

と、国は言ったとか。

いやいや、そんなことを言うなら、国が震災を利用したのだろう。

あの時に騒がれた朝鮮人暴動を、国はデマだったと認めはしたものの、国民を虐殺に扇動したことは認めなかった。

それどころか、デマの発信元は共産主義者だと言い出した。それから、いわゆる「赤狩り」がすさまじくなった。言論は統制され、国が気に入らない思想は弾圧された。

外国人と知り合いだというだけで、当局に目を付けられた。

正造の勤める大学には、中国や朝鮮からの留学生もいた。大丈夫なのかと、八重は不安に思った。

しかし正造は、イデオロギーというものになど、まったく関心がない様子で、その態度にブレがなかったから、疑惑を持たれることはなかった。

国粋主義にしろ社会主義にしろ、どちらの運動にも、必ず情動が存在する。

どれほど緻密な理論や情報分析があろうと、情動に突き動かされると、人間はたちまちいびつな行動をとる。

正造は、この情動こそを嫌ったのではあるまいか。

国策に同調もしないが危険でもない。正造のそういう姿勢は、悪く言えば毒にも薬にもならない、よく言えば安全な人物だと、当局に思われたのだろう。家族も弟子たちも無事でいられた。

国は戦争に突き進んでいった。

昭和十二年に支那事変が起こると、八重の息子は徴兵された。

息子は三十歳を過ぎていて、兵隊としては年長であったし、大学の経済学部を出ていたからか、陸軍主計部に配属された。

主計部とは軍の経理を行う部署で、食糧や被服など、あらゆる物品を調達するのが任務である。実戦部隊の裏方という立場であったので、軽く低く見られる向きもあった。にもかかわらず、学齢期の男子を持つ世の親たちは、いずれ徴兵されることを見越して、子供を軍の経理学校に入学させたがった。経理学校を出れば、主計部に配属されるからだ。

陸軍経理学校は明治二十三年、海軍経理学校は明治四十年に創立されていた。後に太平洋戦争に突入すると、必要に迫られて中国の新京、北京、南京、それにシンガポールにも学校が新設された。

　経理学校に入学希望者が殺到したのは、子供を矢面に立たせたくない親心からだろう。八重にも、その気持ちはよくわかる。主計部に配属されてほっとしたものだ。

　そればかりか、召集されてすぐ、訓練中の事故によって息子は除隊させられた。事故というのは、上官の暴力によるものだった。脚と肋骨を折っていたが、除隊の一番の決め手は、左耳の聴力を失ったことだ。殴られたことで息子は鼓膜を損傷していた。

　もともと、身体能力がある方ではなかったが、息子は上官を怒らせるような、生意気な口をきいたのだろう。上司に逆らっては何度も仕事をしくじった、あれと同じことをやったに違いない。

　それでもいいと、八重は思った。いくら主計部とはいえ、戦闘が激化すれば、いつ鉄砲を握らされるかわからない。

　現に、日本全体が疲弊して、軍にまで食糧補給がままならなくなると、現地の村を襲って、穀物や家畜を強奪してくるのが、主計部の仕事になったそうだ。地元民と争うこともあったに違いない。

人を殺すにしろ人に殺されるにしろ、その時に人間は正気ではいられまい。

そういう立場から離れられたことは、ありがたいとしか言いようがない。耳が少し不自由なくらい、どうということはない。息子は会社では経理部にいるのだから、仕事に支障は少ないはずだ。骨折は必ず治っていくものだし、除隊直後より、少しずつ聴力も回復している気がした。

ただ、周囲にこんな気持ちを悟られてはいけない。非国民だと密告されるかもしれない。日本はすっかり軍国主義一色に染まっていた。支那人をやっつけろと、年寄りから子供までが叫んでいた。どこまで本音かはわからないが、本音であるふりをしなければならないのは確かだった。

だから、息子が除隊になった時、近所の人からは、

「残念でしたねえ」

と声をかけられたし、八重も、

「不肖の息子でお恥ずかしい限りです。本人も悔しがっております。早く本復して、今度こそお国のために働ければいいのですが」

と、心にもないことを言った。近所の耳目は、時として、国よりも怖い。内心では、二度と召集されないように、脚を引きずって歩いていてくれと、思っていた。

昭和十六年。いよいよ米国相手に戦争を始めると、日本の旗色はすぐに悪くなった。国は連戦連勝と偽の情報を流し、国民の多くはそれを真に受けて、万歳万歳と叫んでいた。しかし、中には敗戦を予感していた人が、少なからずいたのではないだろうか。たくさんの若者が兵隊にとられ、食糧が不足し、日本各地は米国の空襲を受けるようになった。あの大震災から二十年も経っていないのに、関東ばかりか、国中がめちゃくちゃになってしまった。

国民の精神も病んだ。

振り返れば、遠い御維新の激動の時代、幸三郎の父が静かに見据えていた開かれた世界。

その新しい息吹を吸って、翼を広げて飛ぶ鳥のように、事業を成功させた夫。

夫の死後、共同経営者に委ねたあの会社は、どうなっているのだろう。震災の後、事業を再開したことまでは聞いていたが。

同盟国のドイツを相手に貿易していたのだから、今でも安泰だろうか。

それでも、幸三郎が生きて今のこの時代を見たら、がっかりするのではあるまいか。進んだ知識を吸収して大きくなろうとしていたはずの日本が、再び小さく固まろうとしている。

朝鮮を併合して中国に進軍して、日本の領土を広げているつもりかもしれないが、それは日本という狭い精神世界にそれらの国を引っ張り込もうとしているということだ。もともと、戦争というのは、こういうものなのだろうか。

横浜で暮らしていた頃は、美和のことで煩悶し鬱々としていたが、今となればあの時代がいかに晴れやかだったのかを、つくづく思い知らされた。

正造の家でも、女学校に通っていた加代子と志保は、学業どころではなくなり、工場に動員されていた。書生たちも学徒動員で出征し、女中たちは郷へ帰して、下男の太助だけが残っていた。

太助の家は熊谷にあり、大奥様を自分の家に疎開させたらどうかと言い出した。

確かに空襲ともなれば、年寄りは足手まといだ。世間では児童を学級ごと疎開させる、学童疎開が始まっていた。八重の家でも、息子の嫁と幼子を、嫁の里へ避難させていた。太助の家に、加代子と志保も一緒に行かないかという話になった。

加代子は、行かないと言った。

加代子は八重にはもともと懐いていない。

何より女中たちがいなくなった正造の家では、家事を取り仕切る女手が必要だった。和香は、家事などしたこともなかった。

あろうことか、和香は加代子に、こんなことを言ったものだ。

「女中を雇えばお金がかかるけど、お前だったらタダだからね」

こんなことを言われても、加代子は家に残ることを選んだ。父親のことが心配だからだ。ではその父親の正造は加代子の心根に打たれたかというと、決してそうではない。自分の仕事に支障がきたさないよう家事全般を任せられるなら、それは女中でも女房でも娘でも、誰でもいいのだ。

そんなことぐらい、加代子だって感づいているだろうに。

加代子は母親である和香との関係が悪いせいで、父親に、父親にと心が傾くのだろうか。

しかし、子供に冷たいことは、父正造も和香と変わらない。正造にも振り向いてもらえないと心のどこかで知りながら、加代子はかたくなに父親を求め続けるのだろうか。もしかしたら一生、半ば病的に父親の影を追いかけるのだろうか。

加代子の、父親に対するこの感情は何なのだろう。執着に近いものだと、八重は少し気味悪くさえ感じた。

こんな重いものを抱えた子は、自分の手には負えない。連れて行くのは、こちらから願い下げだ。

八重は病弱な志保だけを連れて、太助の家にやっかいになることにした。

疎開

正造は太助に、相当な金を与えた。いつまで続くかわからない、八重と志保のいわば宿泊料だ。それにこういう時は、米を持参して相手に差し出すものだった。一俵分の米に肉や魚の缶詰を添えて、貨物列車で先に太助の田舎に届くよう手配した。他にも和香は、自分や正造の着なくなった着物などを荷物にまとめて、持っていくよう計らってくれた。食糧がなくなった場合に交換するためだ。

八重と志保は、自分たちの着替えは最小限度に抑えて、それでも山のようになった交換用の衣類を太助に背負わせ、昭和十九年の秋の終わり、上野駅から熊谷行きの汽車に乗った。

太助の家は、上熊谷という駅からさほど離れてはいなかったが、街はずれという感じの場所にあった。もともとは農家だったが、太助の父親が博打で失敗して田畑を手放し、太助の女房がタバコ屋を開いていると聞いていた。太助は一旗揚げようと東京に出てきたが体を壊し、正造の家の下男に落ち着いていたのだ。

太助の家には娘と息子がいて、近所の片倉製糸場に通っていた。まだ、学校に行っている年頃に見えたが、勤め人として働いているのか、工場に動員されているのかはわからなかった。

太助の女房は、八重の山のような荷物をちらりと見ながら言った。

「まあ、大奥様ですか。亭主がえらいお世話になっとります。こんな田舎でおかまいもできねが、東京よりはなんぼか安心して寝られるでしょ。気を楽にして過ごしなせえ」

八重は手で持ってきた砂糖の袋を女房に渡して、廊下の突き当たりの部屋に落ち着いた。

「年寄りがいた頃は、この部屋を使っていましてね。死んじまった後は、物置替わり。奥様がおいでなさると聞いて、ざっと掃除しただが、まだかび臭いかね。寒いもんで、戸を開けておくこともできんでね。これで勘弁してください。今、炭を持ってくるからね。ここは東京より寒かろう。これから、赤城颪《おろし》の季節だわ」

確かに、部屋に落ち着いてみると、外は強い風が吹いていて、キーンと引き締まるような空気の冷たさに、八重は身震いした。

戦時下、タバコは配給制になってしまったから、太助の女房は商いができず、元の百姓に戻ったようで、残った畑で野菜や芋やカボチャを育てていた。食糧不足はどこも同じ、いや、都会の方がひどく、東京の人々も少しでも庭のある家は、そこを畑に変えていた。

正造の家では、こんなご時世でも各地に散った学生やその親元から、ひそかに食料が届けられた。それは米や味噌であったり、貴重な砂糖やはちみつであったり、昆布や鰹節などの乾物であったりした。台湾に帰国した弟子の家からは、ピータンが送られてきたりして、戦時下とは思えない食卓の賑わいになった。

家族には冷たく見えた正造だが、学生たちにとっては恩人だったのだろう。

そうした食料は、近所に住む八重の家にも分け与えられたから、八重は正直、世間が喘ぐほどの飢えは味わわなかった。

しかしこれもまた、近所には秘密にしておかねばならなかった。確かに米は配給制になっていたから、違法なことかもしれない。知られてしまえばそこに尾ひれがついて、大きな騒ぎになるかもしれないのだ。

近所づきあいは、戦禍が深まるにつれ、余計ギスギスしたものになっていった。

昭和十五年には、隣組という組織ができて、国民全体が割り振られた。表向きは相互扶助を目的としたが、実は国民の精神や思想、道徳を国の思惑通りに支配しようとするものだった。

日本国民は、この国家の思惑に応え、隣組はそのために互いの監視や密告をする国家の下部組織のようになってしまっていた。助け合いどころか、警戒しあう間柄。息の詰まるような生活だった。

正造の家でも、他の家と変わりがないように、女中たちがいる頃は庭に畑を作り、のちには太助が一人でそれを担っていた。

八重も自分の家の片隅で、嫁と二人で野菜を育てていた。栄養価が高く保存のきく芋やカボチャはよく植えた。熊谷の太助の家でも、居候の身分であるから、八重と志保は畑仕事を手伝うことにした。

すると、東京の自宅で庭をいじっていた時とは、違う感覚を八重は覚えた。

折からの赤城颪《おろし》が、遠い記憶を呼び覚ました。

松伏の家で北風の吹きつける中、畑仕事をしていた母の姿を、かすかに覚えている。八重は一日中母について回って、母が畑に出れば、どんな寒い日でも自分も北風に身をさらして遊んでいた。

山から下りてくる風は厳しい。それは、悲しさと寂しさと不安を秘めた思い出であった。しかしそれと同時に、畑というゆりかごで聞いた、子守歌であることも事実だった。ほろ苦く甘い土の匂いが、八重にまとわりつく。

畑仕事といっても、その頃はもう冬野菜が育っていた。仕事はもっぱら収穫であり、それがすめば野良仕事は休みになる。

次の作業は保存食の準備だ。大根を一本一本吊したり、細く切って切干しにしたり、菜物は漬物にした。これらが冬場の貴重な食糧だ。

八重と志保は漬物小屋でよく作業をした。畑に出ている時のように風にさらされることはないが、暗くてじめじめした場所で作業をするので、体の弱い志保はよく熱を出した。

この子のためにも、早く暖かい春が来ないか。春になればもう少し、滋養になる野菜を育てられるだろうに。

八重が待ち望んだ春はもうすぐ、という時、とんでもないことが起きた。

昭和二十年三月十日、東京大空襲であった。

聞き取りにくいラジオに、皆が耳をこすりつけるようにして、ニュースを聞いた。あちこちから情報は入ってくるものの、どういうわけか人によって話が違い、八重たちは日を追うごとに混乱と不安が強くなった。

空襲

そんな中、六月の初めに、ひょっこりと太助が帰ってきた。

「東京はもうだめだぁ。焼け野原だぁ。お屋敷のあたりは三月の空襲の時は大丈夫だったんだ。それがその後何十回も空襲があってさ。お屋敷がやられたのは先月だよ。なんでもアメリカの奴らは、三月に燃え残った場所をまんべんなく焼いたんだとよ。まったく、ご丁寧なこった。オラは逃げる途中で、燃えている材木が倒れてきて、骨を折ったたよ。火傷もしてさ。でも、運がよかった。野戦病院みたいな所で手当してしてもらえた。

歩けるようになってから、お屋敷に行ってみた。丸焼けで、跡形もねぇ。どこがお屋敷だったたか、隣の家はどこからだったたか、区別もできねぇ。

旦那様方の消息がわからねえかと、そこら中歩いたが、知った顔一つなかった。収容所もいくつか尋ねてみたが、わからずじまいよ。

旦那様方は、もういけないかもしれねぇ。大奥さん、覚悟しとった方がいいよ。しょうがねぇ。このままオラの家にいるしかあんめえ。東京帰ったって、何もねえし、第一、帰る手立てもねぇよ。汽車は動いとるが、軍の仕事の方が大事で、人間なんかなかなか乗せちゃくんない。オラもほとんど歩いて帰ってきたのさ。東京出てからは百姓に頼んで舟に乗せてもらったりしたけどな。とんでもなく駄賃ふっかけられて一苦労よ。大奥さんたちの足じゃとても帰れねえべ」

太助はそう言ってくれたし、八重にしても、どう動いていいかわからなかった。じっとしているしかなさそうだった。

と言うよりも、八重には身内の悲劇を嘆いたり、自分たちの行く末、将来的なことなどを、考えたりするゆとりすらなかった。今のこの一時、一時をしのいでゆかねばならないのだ。

居候を受け入れて見返りを期待していた太助の女房は、金主である八重の娘婿が行方知れずと聞いて、大いに落胆した。それはすぐに怒りに代わり、意地悪が始まった。

「あんたらもねえ、ここらでも少しシャキッとしてもらわんとね。お国が大変なことになってるんだからね。私らだけ、のうのうとはしていられんのよ。お国のために働かねば。町内でも、いろんな仕事をしてるんよ。消火訓練、救護訓練、千人針やらね。あんたら、やれ年寄りだからとか、体が弱いからとか言って、ちっともそういう集まり出て来ないべ。陰で、非国民だって言われとるよ。私が町の人に顔向けできんのよ。あんたらの代わりに謝ってさ、あんたらの分まで精出して働いとったのよ。

それからさ、あんたんとこの娘っこ、よくお医者にかかるべ。あれも贅沢な話さ。考えてもごらんよ。戦地では兵隊さんはけがをしたって、病気になったって、満足にお医者に診てもらえないべ。戦ってる人がそうなんだから、私らは我慢しなけりゃいけないんじゃない。町の人だって、熱が出たくらいじゃ、布団かぶって一晩寝て自分で治しとるよ。自分の体は自分で治す、そのくらいの心構えがなけりゃ、お国に申し開きできないべ。

他人の家にやっかいになって、大きな顔されたらたまらんよ。特にこういう田舎では、自分は特別だなんて思わんこった」

こういう時のために、高価な着物を運んできていた。八重が何着かを手渡すと、太助の女房の機嫌がよくなった。

「あらまぁ、そう。それじゃ、これは町会長さんに、これは婦人会長さんに渡しておくべ。今までのお詫び、ということでね。それからね、わかってると思うけど、配給米だけじゃ、あんたらを食べさせていけないのさ。闇米もね、足元見られてふっかけられるのよ。安物でいいから、百姓衆に渡す分も見繕っておくれよ」

八重はその後、太助の女房の機嫌が悪くなるタイミングで、着物を少しずつ差し出した。女房の要求は、三着、四着、五着と増えていったが、それに反比例して、くず野菜の混じった雑炊は、薄く水っぽくなっていった。

夏頃には、高価な絹物や帯はすっかり太助の女房に渡してしまい、自分たちの着替え用に持ってきたものまで手放して、着た切り雀になってしまった。

志保は栄養失調で、ますます容態が悪くなった。

そう言えば、先にあんなに送った缶詰や、持参した砂糖を、一度も食べさせてもらったことがない。せめて体の弱った志保に、砂糖湯ぐらい飲ませてやってほしいと八重は太助の女房に頼んでみた。

「ああいう精のつくものは、お国のために働いている者だけが食えるんだ。おめさんたちは怠けてゴロゴロしてるだけだから、食う資格はねえ。たとえおめさんたちが持ってきたもんだったとしてもだ。『ほしがりません、勝つまでは』って、子供だって言ってるでしょ」

と、にべもなかった。

こんなことなら疎開などせず、正造の家にいた方が、志保の体のためにはよかったのかと思うのだが、どのみち空襲に遭えば、そこで生き延びられたかどうかもわからない。八重はため息をついて、弱っていく志保を見ているしかなかった。

そこにとどめを刺された。

誰も、予想だにしなかった。

昭和二十年八月十四日深夜、熊谷は空襲に襲われた。

一気に町中にあふれた阿鼻叫喚は、あの大震災を思い出させた。

八重は志保の体を支えながら逃げた。

どこへ逃げればいいのか。防空壕の場所さえわからない。防災訓練など、何の役にも立たなかった。

八重は息が苦しく、足ももつれ始めた。志保にも逃げ切る体力があるかどうかわからなかったが、前に進めなくなった自分の巻き添えにはできないと、八重は志保の背中を押し、先に進ませようとした。

その時、志保の頭上から、何か燃えるものが倒れてきた。志保は下敷きとなり、下からわずかに出ていた右の手も、握っても引っ張っても、何の反応も示さなかった。

さらにその上に崩れてくるものの気配があった。八重は腰が抜けたまま後ずさりして、志保の体が指の先まで、燃えるもので覆われるのを見ているしかなかった。

それからどうしたのか、八重は思い出せない。生きたいと思ったわけではないが、本能的に人の流れとは逆の方向に向かっていた。

熊谷の街には星川という川が流れていて、その水源が、太助の家近くの寺にあった。人々はたぶん、そこを目指していた。

しかし、火に追われて川に救いを求めることはさらに悲劇を生む。それを震災の教訓として八重の体が覚えていて、無意識に反応したのだろう。

やがて夜が明け、人々は家族や知人の安否を確認したり、けが人の救助やら炊き出しの準備をしたりして動き出していた。

八重には、志保が倒れた場所がどこであるかさえわからなかった。亡骸を探すことは無理だった。太助一家の安否を確かめる気力もなく、この町の人に助けてもらおうとは思わなかった。太助の女房の言うように、悪い感情を持たれているなら、なおのことだ。

東京もこんな空襲に遭っているのだろうか。それならば、太助の言う通り、皆、無事ではないだろう。自分はどうしたらいいのか、どうしたいのかさえわからず、呆けたようにただトボトボと歩いた。疲れると崩れるように休んで、しばらくするとまた歩いた。

空襲から何日たったかわからない。燃え残った民家の井戸で水を飲んだ以外は、何も口にしていない。夜になっても収まらない暑さが、八重を余計に疲弊させた。

ある日、木の陰で強い日差しを避けていると、八重は気が遠くなっていくような気がした。

川の瀬音が聞こえてきた。星川ではないはずだ。何という川だろうか。

八重がぐったりしていると、傍に人の気配がして、声をかけられた。

「ばあさま、大丈夫かい。眠ってたか。起こしちまったかな。おめさま、腹減ってるんじゃないかい。こんなもんしかないが、食うけ」

その女は、懐から紙に包んだものを取り出した。さつま芋をふかしたものだった。

それまでまったく空腹を感じていなかった八重も、さつま芋の匂いに、思わずつばを飲み込んだ。

八重はとっさに、自分も懐からボロ布に包まれたものを取り出して、女に差し出した。それは東京から疎開先まで持ってきた、美和が幼い頃着ていた、あの赤い絣の着物だった。

八重はこの着物を、下の娘たちには着せなかった。美和が着た時のまま、八重はその着物をしまっていて、震災の時も真っ先に持ち出した。

疎開先に持ってきたのも、食糧と交換するためではない。自分の着るものがなくなっても、手放す気はなかった。太助の家族には見つからないように、衣装箱の奥にしまいこんでいた。着物の数が少なくなってくると、八重は赤い着物をなるべく古い汚い風呂敷に包んで、夜も懐にしまって寝た。綿の絣で高価なものではないが、太助の女房は浴衣や足袋まで持って行ったから、八重は用心していた。

それほどまでにして美和を懐かしんでいるのか、八重にもよくわからなかった。美和がこの着物を着ていたのは、もう四十年も前のことなのに、ここまで執着する自分の気持ちを、うまく説明することができない。

しかし、死んでも手放すまいと思ったこの着物を、こうもあっさりと女に差し出したことも、八重は自分で自分がよくわからない。

やはり生きたかったのだろうか。芋のかけらの方が大切だったのだろうか。

だが、命の危機に直面したのは、これが初めてではない。さほど命を惜しんでいるとは、自分でも思えなかった。

「あれま、これをくれるだか。いらん、いらん。うちにはこんなかわいいべべ着る娘も孫もおらん。気ぃ使わんでええよ。こんなもの、ただのふかし芋だ。うちでとれた芋だよ。さぁ、そのべべはしまっとき。大事なもんなんだべ。こんな時は、人が悪くなっとる。ひったくっていく者もおる。気ぃつけ。そんなことより、ほら、一緒に食うべ」

八重は、その人のよさそうな女と並んで、ふかし芋を食べた。涙が出るほどおいしかった。生まれてこのかた、こんなおいしいものは食べたことがないと、八重は思った。

「ばあさま、東京の人かい。はぁ、疎開してきて、こっちでも空襲にやられたんだね。東京帰っても、身寄りはもういないのかい」

八重はうなずいて、黙々と芋を食べた。

「オラも一人ぼっちよ。うちは小作でさぁ、亭主は庄屋様の田んぼを手伝っておったけど、胸を悪くしてね、去年死んじまった。ろくな看病もしてやれなかったが、まぁ、肺病じゃしょうがないべ。

息子も三人おったが、皆戦争に取られて死んだ。お骨が帰ってきたのは、一人だけよ。二人は空箱だけ。

熊谷に身寄りが一人おったんで様子を見に来たが、ごった返していてわからん。丸焼けになったあたりに住んでたからね、まあ、助からんかったろうなあ。

戦争も終わったんだべ。熊谷が焼かれたって、村中で大騒ぎしていたら、天皇さんのラジオ放送があってまたびっくりよ。戦争終わるんなら、なんで熊谷焼いたかねえ。無駄な殺生だったなあ。

まぁ、みいんな、この戦争でなくしちまったなあ。金持ちも貧乏人も、みいんな分け隔てなく、なくしちまったなあ」

女はため息をつくと、八重に水筒の水を勧めてくれた。

「ばあさま、あんた、もしよかったら、オラの家に来るかい。どこも行くとこねえんだべ。小作のボロ家だが、蕎麦も芋も野菜も作っとるで、食うだけはできる。少し落ち着いたら、オラ、亭主の代わりに庄屋さんの田んぼ手伝わねばなんねから、米も手に入る。オラが外で野良仕事している間に、ばあさま、マンマ炊いたり汁こさえてくれたら、オラ、うんと助かる。

一人ぼっち同士だ。仲良く暮らすべ」

八重はウンウンと頷いた。

「それじゃ、ばあさま。あんたちょっと歩けるかい。ほら、そこの川伝いに、少し上まで歩いてくれ。そこから、リヤカーに乗せてやる。

うちはね、寄居ってとこで、ここからはちっと遠い。

村の衆でね、こっちに嫁入った娘が無事だって聞いた人がおってさ。娘や孫に食べさせるべって、米やら味噌やらリヤカーに積んで運んできたのさ。それでオラも知り合いを探すからって、村からこっちまでリヤカーを押してやったのさ。それでね、帰りは乗せてってやるって言うから、待ち合わせしてる。ばあさまを乗せてやるべ。ああ、この川かい。荒川だよ。ばあさま、東京から来る時、渡ったはずだよ」

屈託のない女だった。苦労もしただろうに、明るく力強かった。

「ああ、向こうに橋が見えるべ。あの橋を渡ってきたのよ。あのあたりで村の衆と待ち合わせてる。もう少しだ。頑張ってくれ」

これまでの人生で、いくつ川を渡っただろうと、八重は思った。

在所を追われて渡ったのは古庄内川。運河を通って浅草に出た。

多摩川を下って横浜へ嫁入りし、またその川を上って東京に戻った。

熊谷に疎開する時、確かに汽車が鉄橋を渡った。あれが荒川だったのか。そしてまた、その上流を超えて、さらに奥地に行こうとしている。

自分が川を超えることは、もう二度とないだろうと、八重は思った。

最後の川を渡る前に、八重は全てを失っていた。それは不思議にも、安堵感を伴っていた。良い時も悪い時も、いつもチクチクと自分を責め立てていた、家族というものを失った安堵感だった。

喪失と安堵を一度に味わって、自分にはもしかしたら、祈りのような気持ちが生じたのかもしれないと八重は思ってみた。

自分がさっき、後生大事に持ち続けた、心の澱の象徴だったような赤い着物をこの女に差し出したのは、その澱を流し去ってしまいたかったからではないだろうか。

しかし、この女が笑って着物を受け取らなかった時、八重の心はホロホロとほどけた。

女は八重に許しを与えてくれた。

着物は大事に持っていろと、この女は言ってくれた。

これはお前の着物だと、言ってくれた。

その言葉は、八重の人生を駆け戻り、松伏の生家の庭まで八重を運んで行った。

あの時、八重は、誰か優しい人にもう一度赤い着物を着せてもらい、その人に手を取られて、船着き場とは反対の方向に歩き出す。そんな幻想が、八重の心に浮かんだ。そうすれば自分は浅草に行かず、横浜で所帯を持つこともなく、美和や和香を産むこともなかった。

そう思うと、かえってありありと、自分のこれまでを顧みることができた。

あの時、浅草で道を踏み外した兄に、母の代わりに自分が意見したらどうだったろう。自分はまだ幼かったが、子供は子供なりに、つらくても真面目に生きて、母さんを助けようと、兄に思ったままを言ったらどうだったろう。兄のその後の人生は変わっていたかもしれない。

幸三郎との結婚は自分にとって玉の輿だったし、優しく誠実な夫であった。美和はよくできた子供だった。二人は一方的に八重に愛と幸せをくれようとした。けれど、八重は応えなかった。

もし幸三郎に、自分のつらい思い出を語っていたら、彼はどうしただろう。

妻は夫を煩わせるようなことは自分の胸に納めて生きていくもの。そんな時代だったし、母のお梅もそうだった。

しかしせめて、美和に赤い絣を着せた時に、着物を汚してしまうからなどと通り一遍のことを言わず、自分の思い出をさりげなく語っていたらどうだっただろう。

幸三郎は、八重が良家の出でないことは知っていたのだから、それを受け止めて、一層の深い理解と思いやりをくれたかもしれない。

それが実は、本当の夫婦というものではないだろうか。

幸三郎はいろいろと八重をほめながら、どこか掴みどころのないよそよそしさを、八重に感じていたかもしれない。

八重が夫に自分の心を打ち明けて、夫がそれを受け止めてくれていれば、美和に対して複雑な感情を持つこともなく、和香や下の子供たちに無関心になることもなかったかもしれない。

そうすれば、和香も少しはまともな母親になって、加代子があんなにねじれた子供にならずともすんだかもしれない。

八重は自分がつくづくバチ当たりな人間だと思った。愛されなかったことを根に持つあまり、愛することをしなかった。愛を知らないから、対処の仕方がわからなかったと思うのは、身勝手な言い訳だろう。

和香や正造にも世話になりっぱなしだった。震災や戦争の傷が世間の人より少なかったのは、あの二人のおかげに違いない。

太助の家族にしても、松伏の生家にしても、とにかく身を寄せていられただけでも、ありがたいことなのかもしれない。

八重は素直に感謝したことがない。

心の澱を、どうすることもできなかった。

その澱は、一つ川を渡るたびに流れによって堆積された。それが今では、その川の流れによって遠くへ運び去られていくように、八重には感じられた。

女に抱きかかえられるようにして、橋を渡りながら、心ならずも八重は涙をこぼした。

その涙は、女への感謝であったか、自分が報いることのできなかった家族への詫びであったか、自分への慰めであったか。


八重は、自分が小猿のようだと憎んだ孫娘、加代子が、東京で生き残っていたことを知らない。

私は後年、この加代子を母として生まれてくることになる。

高井八重は私の曾祖母。この話は、私の曾祖母の物語である。

エピローグ

私は、母加代子が自分の両親と暮らす家で育った。

母と祖母である和香とのいさかいは絶え間なく続き、幼い私は泣いた。

母には妹志保の他にも兄弟がいたが、皆若くして亡くなり、跡取り娘になった母は両親を独占した。しかし、親の愛は得られなかった。

母は、両親と折り合いの悪かった私の実父と離別までして、親の方を選んでいたのだ。それでも父親も母親も自分の方を向いてくれなかった。

しかし、この祖母という人が、どういうわけか私を溺愛した。

それはもう片時も私を離さず、どこへでも連れまわした。まるで、母の手に私を触れさせまいとするかのように。

よく猫かわいがりというけれど、あれだけべったりとくっついてかまいつけていたら、本当の猫ならたぶん嫌がる。

母にしてみれば、自分は両親に尽くしても尽くしても報われないのに、私は生まれたということだけで祖母に愛されている。かつて妹だけが贔屓にされた悪夢の再来のようだと、母は思ったかもしれない。

これが母の痛みになり、たぶん母と私の確執の元になっていった。

母にはもう一つ、困り事があった。

祖母に甘やかされ放題に育った私が、まともな子供にならなかったことだ。

母が私を叱ったり、たしなめようとすると、必ず祖母が立ちふさがって、

「お前は鬼か蛇か」

と、母を罵倒して退けたことは、うっすら覚えている。

増長慢になった私には、いろいろと逸話が残っている。

ある日私は母の口紅を顔中に塗りたくり、これも母のハイヒールをはいて、上野動物園に行くと駄々をこねたそうだ。母はサンダルをつっかけて私に付きそったそうだが、これも母には私を制止する権限が与えられていなかった証ということか。

幼子にハイヒールは危ない。私は本当にそんな靴で、動物園を歩けたのだろうか。祖母

がこれを許したとしたら、かわいいはずの孫娘にそんな危険な真似をさせるのもおかしな話だ。私の記憶にはない。遠い日のできごとである。

またその頃、飼っていた鶏の餌にするため家には糠がたくさんあって、私はそれを部屋中に撒いて遊んだ。片付ける人は大変だったろう。これも覚えていない話だが、糠まみれになった部屋と私を写した証拠写真が残っている。

その他にも、部屋の壁中にいたずら書きをしたり、ご飯はなかなか食べないのに、夜寝る前に夜鳴きそば（チャルメラ）をせがんだり、勝手し放題の困った子供であった。

我が子のしつけを許されない母は、段々と自分を「バカ姫に仕える女中のようだ」と、みじめに感じるようになったのだと思う。母は親にも子供にも傷つけられたことになる。

それでも私が幼稚園、小学校と進むにつれて、母は教育の面で主導権を取り戻し、私は大人しくそれに従ったつもりだが、やがて再婚して味方のできた母は、継父と共に私に反撃を開始した。

「あなたは本当にわがままで、言うことを聞かない悪い子だった。あなたのせいで、どれだけつらい思いをしてきたことか。私はあなたの犠牲になった」

と、母に何度も何度も言われるのはつらかった。

もっとも、幼稚園や学校という外の世界で、自分自身不適応を感じて悩み始めていた私は、その原因が自分の育ち方にあるかもしれないと、その点では納得し、自分を恥じ、反省し、母には恐縮した。

しかし一方では、物心つくかつかない頃の自分に責任は持てない。むしろ育児する権利を放棄してしまった母にも問題があると、成長して生意気になるにつれて思った。

そもそも母は、夫との間が壊れているのに、どうして私を産んだのだろうか。私のことはリセットして、のちに再婚する相手と、まっさらな家庭を築いた方が、皆幸せだったのではないだろうか。

それとも、孫の顔を見せれば今度こそ親が振り向いてくれるかもしれないと、私をダシにつかったのだろうか。

私は自分の人格を矯正するのにかなり苦労したし、自分は生まれただけで母を傷つけて、存在する価値のない人間だと思いつめたり、いやそれは、私だけが悪いのではないとあがったり。その堂々巡りに私は少女時代、青春時代のほとんどを費やした。

それにしても、祖母はなぜ、あれほど私を甘やかしたのだろう。

私も現在孫を持つ身になって、孫がかわいいのはよくわかる。けれど、娘を憎みながら、その娘が産んだ子供を愛せるのは何だったのだろう。

私の性格を破綻させるほど甘やかし倒すというのは、いかがなものだろう。

祖母の愛情の形と質はおかしい。

もしかしたら、祖母自身が母親の愛情をよく知らなかったのではないか。

この世代を超えた不和は、もっと深いところに、もっと遠いところに根を張っているのではないかと、考えるようになったのは、祖母についての疑問がきっかけだった。

ある時、母の思い出語りの中で、曾祖母の不幸な出自を知り、ストンと腑に落ちるものがあった。

それまで、主に母から断片的に聞いてきた、曾祖母やその兄のこと、曾祖母が嫁いだ家のこと、祖母の姉や妹たちのこと、私自身が見て感じてきた祖父母や母のこと、そして自分のこと。それらバラバラなパズルのピースがつながって、一つの形を見せてくれた。

やはり不和の根は、遠く深いところにあった。

私はそれから、会ったことのない曾祖母の人生について、思いめぐらせるようになったのだ。

高祖母から曾祖母、そして祖母から母へ、私へと、ミトコンドリアのように受け継がれた、自分の娘を素直に愛せないという、悲しく重い鎖。

私は大人になってから、この鎖を断ち切るのを命題として生きてきた。

明治大正時代の話に拘泥するのは無益なことかもしれない。私にも遠い先祖のことを恨むつもりはない。

高祖母の不幸せは如何ともしがたい。

ただ、曾祖母がどこかの時点で幸せを素直に享受して、この鎖を切ってくれていたら、後に続く世代は天真爛漫な娘として育っていけたのではないかと、少し残念なのである。

しかし、彼女たちの人生は、それこそ川を流れて広い海に出た。悲しい人生の濁った記憶は、そこでゆっくりと溶解かされたことだろう。

私は四代にわたる母親たちの生涯に、つらいものばかり見てきてしまった。

けれど、彼女たちもつらいことばかりだったとは思いたくない。私が知らないことでいい。どこか一瞬一瞬に、楽しい、幸せだと思えた事柄があってほしい。

人生はどの方向にも転がる。見方によって違う色に見える。

母と継父の私への仕打ちは、私が生まれ変わるための重要なイニシエーションだった。気づきを与えてくれたのは恩である。

そもそもは、祖母のめちゃくちゃな愛情が、私の人格と母との関係性を壊したのだが、母や継父との確執が続く中、私が最低限の自己肯定感を保てたのは、祖母の思い出に支えられたからだと思っている。逆説的だがこれもまた、恩である。

祖母はやはり、私の心の中では宝だ。そういう宝物を、四世代の母親たちも、心の中に一つでも持っていてくれたと信じたい。

今、私の心は鎮魂の想いに満たされている。

私は言わば、お梅や八重という川の支流。私もその支流を流れて、いつの間にか河口近くまでやってきた。

私自身は、一男一女に恵まれた。古い時代のことは気にするまいと考えても、特に娘を産んだ時には、私の母系に受け継がれた冷たい鎖を、この子にもかけてしまうのではないかと、私は娘をちゃんと愛せるかと不安に思ったのは確かだ。

私は鎖を断ち切れただろうか。自分では答えられない。

それは、子供たちが、孫たちが評価してくれればいいと思っている。


私の実家の様々な出来事は、いつも私の夫をひどく狼狽させた。

あの人たちのことを何か書いてみろと夫に常々言われ、そのつもりはあると答えながら、ついに彼の生前には叶わなかった。

夫に読んでもらいたかったが、約束だけは果たしたよと、遺影に話しかけている。

あとがき

私はかねてより、自分がひきずってきた重いものをきちんと整理しておきたいと考えていました。

人生の終盤が近くなり、その想いは強まり、今、ここに物語としてまとめることができました。

私を見つけ出し、背中を押してくださり、細かく丁寧にご指導くださった文芸社の皆様に心より感謝申し上げます。

内容の一部に今日では不適切と思われる表現がありますが、
本作の時代背景を考慮し、当時使っていた言葉のまま書いております。

著者プロフィール
玉置 楓（たまき ふう）
1953年、東京都出身。さいたま市在住。成城大学文芸学部にて民俗学を専攻。
著書：『川辺に生きるノラ猫たち』（牧野出版　2016年）＊中野楓子名義

赤い絣の記憶

2024年７月15日　初版第１刷発行

著　者　玉置 楓
発行者　瓜谷 綱延
発行所　株式会社文芸社
〒160-0022　東京都新宿区新宿1－10－1
電話　03-5369-3060（代表）
03-5369-2299（販売）

印刷所　図書印刷株式会社

ISBN978-4-286-25366-4